Crime à Paris

Murielle Lucie Clément

Crime à Paris

MLC

Du même auteur :

Crime à Amsterdam (roman)
La Clarté des ténèbres (nouvelles)
Crime à l'université (roman)
Le Mythe de Noël (récits)
Le Pyrophone (poésie)
Sur un rayon d'amour (poésie)
Les Nuits sibériennes (poésie)
L'Arc-en-ciel (poésie)
Le Nagal (poésie)
Cantilène (poésie)
Spleen d'Amsterdam (poésie)

Éditions MLC
Le Montet – 36340 Cluis
www.emelci.com

ISBN : 978-2-37432-023-6
Dépôt légal : juin 2016

À mes amis

Jeudi

1. Tina Blanchard

Tina pressait le pas. Elle n'avait pas voulu appeler un taxi, prétextant qu'elle habitait à deux minutes. En vérité, son budget lui permettait peu de folies en ce moment. Elle venait de trouver ce job au journal et elle avait des dettes contractées pendant les mois de chômage passés. Loin de se plaindre, elle était satisfaite de son sort. Ce travail à la rédaction tombait à pic. En faisant attention, elle pourrait rembourser ses amis rapidement. Son premier salaire lui avait permis d'éponger son découvert à la banque. Son conseiller était d'accord pour lui remettre un nouveau chéquier et sa carte bleue était débloquée.

Elle longeait les grilles du jardin du Luxembourg. Elle sentait la fraîcheur des feuillages, une odeur particulière à cette heure matinale où nulle voiture ne venait polluer l'air.

Perdue dans ses pensées, elle prit de façon mécanique la rue de Vaugirard. Ses jambes la menaient sans problème. Elles connaissaient le chemin pour l'avoir fait tant de fois. Tout au souvenir de la fête, elle ne discernait pas les pas derrière elle. Personne ne les aurait entendus. L'homme avait mis de grosses chaussettes de laine par-dessus ses Nike aux épaisses semelles.

Il restait à distance, mais il ne quittait pas des yeux cette jeune femme dont il imaginait le visage sans le voir. Il l'avait prise en filature depuis la rue de Fleurus. Elle descendait la rue d'Assas. Il se cachait dans le renfoncement de la porte cochère. Elle l'avait presque frôlé sans le remarquer. Il avait respiré son odeur. Une senteur de musc, de transpiration et son parfum qu'il humait encore en esprit. *J'adore* de Dior. Oui, il adorait aussi. Maintenant, il la suivait. Il espérait qu'elle prendrait la rue de Tournon. Elle devait passer par la rue Tournon après avoir dépassé la rue Garancière.

Tina traversa la rue de Vaugirard pour en-

trer dans la rue de Tournon. Elle tourna légèrement la tête à droite, puis vers la gauche. Elle vit l'homme à environ cinquante mètres
derrière elle. Il devait, tout comme elle, rejoindre son logis. Rien d'alarmant. Après tout,
on était à Paris où vivaient plusieurs millions
d'habitants. Rien d'étonnant d'en croiser un
ou deux, même à cette heure-là ! Cependant,
celui-ci paraissait différent. Peut-être était-ce
de ne pas entendre résonner le bruit de ses pas
à lui. Elle appréciait d'avoir changé de chaussures. Sans talons, elle était plus à l'aise.

Il aurait bien aimé, maintenant qu'elle était
dans la rue de Tournon, qu'elle aille à gauche
dans la rue Saint-Sulpice. Mais, elle la dépassa. Il ricana doucement. La rue de Tournon
était déserte, mais il préférait attendre. La rue
Saint-Sulpice évitée, elle serait tout de même
obligée de contourner le marché Saint-
Germain, fermé à cette heure-ci, pour rejoindre la rue Mabillon. Quel serait son choix ?
La rue Lobineau ou la rue Clément ? Il
connaissait son adresse. Il l'épiait depuis plu-

sieurs jours.

Tina s'interrogeait. Allait-elle passer par la rue Lobineau ou la rue Clément pour atteindre son appartement ? L'homme était toujours derrière elle. Toujours silencieux. Toujours à égale distance. Non, pas la rue Lobineau. Elle la dépassa sans jeter un coup d'œil ni à droite ni à gauche. La rue était à sens unique ; il n'y avait aucune circulation de toute façon.

Elle sentit, plus qu'elle ne vit, la distance entre elle et l'homme diminuer imperceptiblement. Elle accéléra le pas. À peine.

L'homme exultait. Elle allait dans la rue Clément. Il savait exactement où il la rattraperait. Dans sa poche, sa main se serra sur son cutter.

Tina se décida. Elle n'irait pas chez elle directement. Bien que l'homme eut l'air inoffensif à première vue, elle voulait éviter qu'il voie où elle habitait. Juste pour le cas où il prendrait lui aussi la rue Clément. Elle ne pouvait le savoir à l'avance. Cependant, elle ne voulait courir aucun risque. Elle passa la rue Clément et se dirigea à vive allure vers le boulevard Saint-Germain.

L'homme, surpris par la manœuvre, pensa qu'elle allait chercher des cigarettes à l'un des distributeurs. Quand elle continua dans la rue de Seine, après avoir traversé le boulevard, il en fut certain. Il se rasséréna et reprit sa filature. Sa proie ne pouvait pas lui échapper.

Tina marchait à grandes enjambées, satisfaite d'avoir mis ses ballerines. Elle s'engouffra dans le hall de l'hôtel La Louisiane. Haletante, elle expliqua en deux mots au gardien de nuit sa peur d'être suivie et se laissa tomber sur une chaise. Au travers des plantes de la devanture, elle le vit sur le trottoir opposé, les mains engoncées dans son anorak, la capuche relevée. Elle ne put distinguer son visage.

« Salope, grinça l'homme entre ses dents. Si tu crois que tu peux m'échapper, Tina Blanchard, tu te trompes ». Il sortit son portable de sa poche, se retourna et prit une photo de l'enseigne de l'hôtel. Ni Tina ni le gardien ne le virent faire. Il était déjà au coin de la rue, dissimulé par l'étalage de Paul. Il traversa la rue de Seine et remonta la rue de Buci vers le boulevard Saint-Germain. Dans sa tête tournaient des visages de femmes. Ses yeux lui faisaient mal. Il crispait les poings. Le gauche sur le manche de son cutter ; le droit sur son téléphone. Par un détour, il regagna la rue Mabillon. Fébrile. Il savait quoi faire.

2. Sur le quai

On ne voyait personne. Les noctambules avaient déserté les bords de Seine et les lève-tôt n'avaient pas encore envahi les rues. Les voitures, de même, s'étaient faites rares. Une Mégane, gris métallisé, s'arrêta sur le pont de l'Archevêché. Du côté passager, un homme, grand et fort, en descendit, se dirigea vers l'arrière et ouvrit le coffre. Il en sortit un tapis roulé, le jeta sur l'épaule. Il le porta près du fleuve et le fit passer par-dessus la rambarde. Il dut recommencer ; le fardeau était lourd. Sans plus attendre, il remonta dans la voiture et celle-ci démarra. Le tout n'avait pris que quelques minutes. Une ou deux, tout au plus.

Sur le quai, entre le pont au Double et le Batobus, Imogène avait écouté la voiture. Sans surprise, il vit un paquet tomber à l'eau, puis il entendit le choc de deux objets difficilement identifiables. Le gros rouleau heurta le

rebord. Cela ressemblait à une carpette. Imogène se leva de son sac de couchage et
s'avança. Oui, il s'agissait bien d'un tapis. À
l'aide de sa canne, il le ramena vers lui. Encore heureux qu'il n'ait pas sombré. Les deux
objets échappés formaient certainement les
lests, mal attachés. Avec peine, Imogène hissa
le fardeau sur la berge, en trancha les ficelles
de son couteau. Il le déroula et vit avec satisfaction un bon Berbère moelleux. Ce serait
parfait pour s'allonger dessus ; bien plus
confortable que les pavés. Il distingua deux
choses. Le tapis était coupé et à en juger par le
motif, plus des deux tiers manquaient. Une
grande tache carmin défigurait son centre. Du
sang. Bah, il n'allait pas faire le délicat devant
pareille aubaine.

***

Dans la Mégane, un léger différend séparait le conducteur et son passager.

– Et pourquoi tu n'as pas balancé le tout ?

– Mais, tu es dingue ou quoi ? Avec tout le sang que tu as pissé sur le tapis, si on retrouvait le corps à côté, ce serait facile de faire le lien !

– Tu parles ! Et, tu as essuyé les statuettes comme je te l'avais précisé ?

– Tu me prends pour un clown ou quoi ?

– Te fâche pas. C'est juste pour être sûr.

– Pour me contrôler, tu veux dire !

– Vaux mieux deux fois qu'une.

– Alors, on file maintenant et on laisse la nana où on a dit !

– D'accord. Mais, roule doucement. Pas besoin de se faire choper pour un excès de vitesse. »

***

Pendant ce temps-là, une Audi bleu foncé remontait la rue Saint-Jacques, bifurquait dans la rue Soufflot et au rond-point dans la rue de Médicis, faisait demi-tour à l'embranchement de la rue de Vaugirard et après avoir déposé

un grand sac devant les grilles, filait en direction du boulevard Raspail. Il était quatre heures trente-cinq ; c'était la nuit de mercredi à
jeudi.

3. La découverte de Natalie

Guillaume Aurliac sortit de la bouche de métro Saint-Germain-des-Prés, content de respirer l'air matinal. Il avait pris la première rame en venant de chez Laure où il avait passé la nuit.

Guillaume était heureux avec Laure. Cet été, ils avaient prévu de retourner en Lozère où ils s'étaient rencontrés, à Javols, pendant un atelier de fouilles archéologiques. Il voulait lui faire connaître le pays de ses ancêtres ; visiter le parc national des Cévennes. Peut-être une randonnée au massif de l'Aigoual ; séjourner au mas de Coupetadou, choisir un gîte plus intime ensuite. Il savait que ce serait des vacances de rêve.

Tout aux souvenirs de leurs ébats nocturnes, il traversa le boulevard, enfila la rue Bonaparte et tourna dans la rue de l'Abbaye. Il aurait pu continuer par la rue Jacob, mais il affectionnait ce chemin qui le faisait passer devant le musée Eugène Delacroix. Longer l'église était calme et reposant pour lui. Il ignorait pourquoi la circulation était moins dense dans cette partie du quartier. Il y avait, c'était certain, moins de piétons. Quoiqu'à cette heure matineuse, il ne croisa personne nulle part. Depuis sa découverte un soir de juin, la rue de Furstenberg lui plaisait avec son rond-point où trônait en son centre un lampadaire ancien à quatre branches, monté sur un piédestal entouré de quatre tilleuls.

Il dépassait les vitres de chez Flamant quand il vit sur le trottoir à l'angle de Verel de Belval et Osborne et Little une femme allongée par terre, ses cheveux éparpillés sur le visage. Comment pouvait-elle rester sur le sol ainsi ? Il héla pour la réveiller. Elle avait l'air bien mise dans un ensemble de lin. Il appela encore. Elle ne bougeait pas. Il ne pouvait pas la laisser comme cela. Il se rapprocha. La brise souleva ses cheveux. Il vit un trou noir sur son front et une coulée rouge qu'il identifia immédiatement. Sans hésiter, il sortit son portable et composa le numéro des secours.

En attendant le SAMU, Guillaume s'accouda contre un des arbres. Posté au milieu de la place, il lorgnait du côté de la rue de l'Abbaye. La voiture blanche tourna le coin de la rue et s'arrêta devant lui. Il fit un geste de la main en direction de ce qu'il savait maintenant être un cadavre.

Deux infirmiers descendirent de la fourgonnette après avoir ouvert les battants de l'arrière. L'un d'eux se pencha, mit deux doigts sur le cou et les retira après quelques secondes avec un signe de dénégation de la tête. Cela confirma la constatation de Guillaume. Le corps était sans vie.

– C'est vous qui nous avez appelés, demanda un troisième infirmier descendu du siège passager.

– Oui, aquiesça Guillaume. Elle est morte ?

– On peut dire ça comme ça, répondit l'homme laconiquement. On doit attendre la police. Ils voudront entendre votre version.

– Pas de problème. »

Guillaume avait à peine prononcé ces paroles qu'une Peugeot venait en sens inverse ! Apparemment, les agents se préoccupaient peu de la signalisation routière ! Quoiqu'à six heures du matin, la circulation restait aléatoire.

Guillaume raconta la manière dont il avait découvert le corps.

– Vous voulez bien venir avec nous ? lui demanda l'inspecteur en civil de la deuxième fourgonnette.

– Oui, pourquoi ?

– On aura quelques questions à vous poser. Asseyez-vous dans le véhicule et attendez, je vous prie. » Le policier lui tint la porte arrière de la voiture banalisée et la referma sur lui après qu'il se fut assis. Guillaume chercha un bouton pour ouvrir la fenêtre. Il voulait voir et entendre le plus possible.

Une autre fourgonnette vint se garer le long du trottoir opposé. Des hommes habillés

d'une combinaison blanche en sortirent et déployèrent une tente au-dessus du corps. « La
scientifique » pensa Guillaume.

4. Le tueur frappe

Le bruit de ses pas étouffé par les chaussettes, il gravit lestement les marches. Deux étages. Il préférait négliger l'ascenseur. Il ne faisait jamais confiance à ces cages. Qu'elles montent ou qu'elles descendent, il les avait en horreur. Il avait lâché le téléphone et saisi dans sa poche intérieure son mouchoir et une bouteille. De sa main droite, il prit délicatement le trousseau dans son blouson. Il savait exactement laquelle allait ouvrir l'appartement. Au moment où il faisait tourner la clef dans la serrure, il entendit au rez-de-chaussée, le bruit de ferraille des grilles de la cage. Tina Blanchard revenait chez elle. Vite, il s'engouffra dans la porte entrebâillée.

Par la fente, il épia l'ascenseur qui continuait sa montée, deux étages au-dessus. Sans avoir conscience des yeux qui l'avaient guettée dans le noir, Tina Blanchard rentra chez elle et pénétra dans la cuisine pour aller boire un verre d'eau avant de se mettre au lit. Elle était fourbue. Elle prendrait une douche le lendemain.

Deux étages plus bas, une ombre s'infiltrait silencieusement dans la chambre à coucher où une jeune femme dormait. La couette et les draps avaient glissé, révélant son corps à demi nu. Elle soupira et déplaça un bras qui lui cachait le front. L'homme l'observait. Il grimaça une mimique significative sur ses lèvres. Son travail allait être facilité.

Il aborda la tête du lit, versa le flacon sur son mouchoir et le posa près du visage de la jeune femme. Il prit plaisir à la voir froncer les sourcils dans son sommeil. Puis, sans précaution, il lui plaqua le tissu sur le nez et la bouche. Elle se débattit à peine ; le soporifique eut un effet quasi immédiat. Ses bras retombèrent mous sur la couche. Elle avait perdu connaissance.

L'homme déroula une large bâche qu'il sortit de sous sa veste. Il l'installa sur le sol à côté du lit. Il alla à la cuisine, trouva une cuvette sous l'évier. C'était un récipient en PVC bleu ciel. Une de ces cuvettes ordinaires comme tout le monde en a au moins une chez soi. Il la plaça sur le plastique.

D'une de ses nombreuses poches, il sortit une petite trousse en cuir, l'ouvrit et choisit un scalpel. Son travail pouvait commencer.

Un rictus de satisfaction déformait ses traits. Celle-là, elle ne lui avait pas échappé. Pas comme la Tina Blanchard. Mais, son tour viendrait. Et elle, elle aurait peur, il en avait décidé ainsi ; et elle devrait souffrir.

5. Cécile se réveille

Cinq heures trente. Le réveil tonitrua l'air de Katinka dans la chambre. Cécile, à demi plongée dans un rêve agréable, se retourna encore une fois sous la couette. La sonnerie entama la Habanera de Carmen ! Les chœurs de l'opéra de Paris reprenaient le refrain avec un « Prends garde à toi ! » qui faisait trembler les murs. Elle devait se lever. Pas de doute. Une lourde journée l'attendait au bureau. Elle avait une présentation à faire. Tout était dans son ordinateur sur PowerPoint.

D'un bond, elle rejeta les draps et se dirigea vers la salle de bains. Elle se réveilla complètement sous le jet chaud qui lui caressait le dos. Elle s'était endormie contrariée que Sylvain n'ait pas voulu la rejoindre au lit prétextant un travail urgent à terminer. Cela se déroulait ainsi de plus en plus souvent dorénavant. Peut-être voyait-il quelqu'un d'autre. Cette semaine, il avait passé plus de temps avec elle, mais il ne semblait pas vouloir lui

faire l'amour malgré les câlins qu'elle lui pro-
diguait. Il avait même l'air ennuyé.

En y réfléchissant, cela faisait presque trois
mois qu'ils ne l'avaient pas fait. Devait-elle
s'inquiéter ? Il s'agissait peut-être d'une
mauvaise période dans leur relation. Il n'avait
jamais été une bête au lit, non plus. Depuis
qu'ils se connaissaient, il travaillait de plus en
plus. D'un autre côté, elle aussi avait plus
d'obligations avec sa promotion à ce nouveau
poste.

Elle avait maintenant la responsabilité des
produits et supervisait les descriptions pour
les commerciaux. Sylvain l'avait chaudement
félicitée pour sa nomination et lui avait offert
un collier ras du cou en perles. Il avait dû coû-
ter une petite fortune. Elle ne pouvait vraiment pas se plaindre de ses attentions. Il était
charmant. Si seulement il acceptait de rester
un peu plus souvent ici, pour la nuit ou
l'inviter, elle, chez lui. Il prétextait toujours
vouloir ranger et rendre son appartement pré-
sentable, mais depuis deux ans, les travaux
avançaient lentement. Elle avait proposé de

l'aider. Il avait refusé arguant qu'elle avait déjà bien assez à faire. Ce en quoi il n'avait pas tort.

Cécile sortit de la douche et mit les vêtements posés la veille sur le dos d'une chaise. En prévision de cette journée où elle serait le centre d'attention, elle avait opté pour un pantalon gris foncé serré à la taille qui faisait ressortir ses fesses rebondies et un chemisier blanc tout simple. Elle emporterait sa veste crème avec un camée rose. Ce serait parfait. Un léger maquillage et elle était prête. Elle pensa téléphoner à Sylvain, mais se ravisa. L'heure était trop matinale : six heures ! Il dormait, c'est sûr. Elle le ferait plus tard, après sa présentation.

6. Marcelle se réveille

Ce matin, Marcelle s'éveillait, lentement reprenait conscience de son corps alourdi. La fête d'hier soir l'avait fatiguée. Elle s'était couchée trop tard. Elle le paierait aujourd'hui. Elle remua ses orteils. Une douleur cuisante la transperça tel un éclair hallucinant, remonta en fusée du talon du pied droit jusqu'à sa hanche, se fracassa dans une explosion fulgurante contre la pointe de son crâne. Sa tête meurtrie hurla. Elle était seule à l'entendre. Le cri percuta ses dents. Dans la chambre à côté, Hélène était déjà partie, c'était jeudi. Marcelle était abandonnée à elle-même pour le week-end. Enfin presque. Comme tous les jours, des amis téléphoneraient pour savoir si elle était pourvue de tout. Elle prétendrait n'avoir besoin de rien. Elle avait horreur d'imposer son handicap aux autres. Pour l'instant, des coins extérieurs de ses paupières, les larmes coulaient et se rejoignaient sous son menton. La souffrance l'avait prise par surprise, au moment où elle s'y attendait le moins. Toujours à l'affût, véritable prédateur en chasse assoiffé de sang, elle bondissait lancinante, la terrassait au plus profond des draps, la rendant incapable de bouger la plus petite parcelle d'elle-même.

Après de longues minutes, avec précaution, Marcelle osa enfin entrouvrir les cils. Elle appréhenda comme tous les jours une deuxième crampe foudroyante comme la première. Ensuite, elle serait tranquille pour quelques heures. Depuis plusieurs mois, le même rituel matinal se déroulait, et d'autant plus cruel que Marcelle chaque nuit en rêve, progressait comme tout le monde.

Elle court dans un pré vert tendre, où l'herbe est parsemée de fleurs jaunes et blanches. Telle une publicité écologique, vantant la vie campagnarde ou bien la lessive lavant plus blanc que blanc. Elle gambade. Les graminées lui fouettent les mollets. Elle va pieds nus, franchit d'une enjambée puissante un ruisseau paresseux en bas de la pente. Sa jupe volète légère à chaque sautillement ; ses cheveux blonds lui font un grand voile flou autour des épaules. Son rire s'échappe en perles et se répercute dans la vallée à l'infini. Arrivée près d'un torrent, elle bondit sur les galets et se laisse glisser dans l'eau fraîche. D'un bond, elle plonge à pieds joints dans le creux émeraude. Une cascade chante. Sa chute argentée irise de son arc-en-ciel les mousses des berges ombrées. Marcelle se roule dans le courant, éclabousse tout alentour. Lorsqu'elle se relève, sa robe continue de virevolter au vent. Elle tend les doigts vers une branche. Elle découvre une autre source giclant entre les pierres. Elle essaie de s'y désaltérer. À l'instant où elle y trempe ses lèvres, elle se réveille, brutalement ramenée à sa réalité journalière, dans sa chambre à coucher. Infirme, impuissante à parcourir plus de quelques mètres en se déhanchant, obligée de se désarticuler complètement pour réussir à placer un pied devant l'autre ; chaque pas lui coûte un effort surhumain. Il lui faut plusieurs secondes pour franchir vingt centimètres.

Marcelle était tout à fait réveillée maintenant, elle ouvrit grand ses yeux, ses prunelles bleu lavande fixaient les papiers peints. La deuxième douleur manquerait au rendez-vous. Elle le sentait à une légère différence, une conviction intime. Imperceptiblement, elle reprenait espoir. Une amélioration ? Depuis quarante-neuf ans, elle était estropiée, mais n'avait cessé d'aspirer à un état meilleur. Tous les jours, elle priait ardemment, non seulement pour elle, mais aussi pour tous ses amis. Ils venaient de très loin pour demander à Marcelle de les inclure dans ses obsécrations.

Millimètre par millimètre, elle se colla au bord du lit. Loin d'être grabataire, elle était devenue très habile à déjouer son malheur. Bien qu'il lui fût impossible de rejeter les couvertures d'un geste sec des bras, elle se glissa hors de sa couche en faisant basculer simultanément ses deux jambes. Enfin, elle était assise sur le rebord du sommier, les pieds dans le vide. Le matelas lui arrivait juste au ras du fessier. Elle empoigna sa canne, se laissa couler sur la descente de lit. Elle clopina heureuse jusqu'à la salle de bains. La première bataille de la journée était gagnée.

7. Tina se réveille

Tina ouvrait les yeux. Elle se réveillait. La lumière filtrait dans la chambre et un rayon de soleil jouait au travers d'une fente des rideaux mal fermés cette nuit. On était en fin de semaine. Le jeudi de la Pentecôte. Elle s'étira à n'en plus finir, bâilla à s'en décrocher la mâchoire. Elle hésitait à faire un choix : prendre une douche et ensuite son petit déjeuner ou bien le contraire. Dans l'incertitude de la décision, elle se retourna dans son lit et replongea sous la couette. Seulement, elle n'avait plus sommeil ! Un coup d'œil au réveil et elle sursauta. Neuf heures et demie ! Elle avait promis à Sophie de la voir à neuf heures pour aller au marché ensemble.

Elle consulta son portable, mais aucun message de Sophie sur le journal d'appels. Elle dormait encore vraisemblablement tout comme elle. Tina fit défiler les numéros de ses contacts et pressa la touche de Sophie. Le téléphone sonnait. Sophie ne décrochait pas.

Elle était assurément descendue à la boulangerie.

Tina sauta du lit et poussa la porte de la salle de bains. Ce serait douche d'abord. Le petit déjeuner viendrait plus tard. Le jet d'eau chaude lui tombait sur les reins. Elle changea de position pour le sentir sur les épaules et sur les omoplates. C'était agréable. Tina prit à tâtons la bouteille de shampoing et en versa une bonne quantité au creux de sa paume. Elle aimait quand les bulles lui enveloppaient toute la tête. Elle se rinça longuement les cheveux. Même une fois tout le savon et toute la mousse évacués, elle resta encore sous la douche. Elle ferma enfin l'eau et mit son peignoir après s'être séchée avec un drap de bain.

Choisir des vêtements ne lui coûta que quelques minutes. Un jean, un T-shirt par dessus un string et un soutien-gorge en dentelle de satin blanche et des ballerines. Elle était habillée. Elle jeta un œil sur son portable. Toujours pas de message de Sophie. Elle lui envoya un SMS. Puis, elle passa à la cuisine.

Une bonne tasse d'Earl Grey et elle était

fin prête à affronter une matinée de shopping.

Apparemment, Sophie devait encore avoir égaré son téléphone et ne pouvait recevoir ses messages. Tina descendit les deux étages qui la séparaient de l'appartement de son amie. Elle s'apprêtait à frapper à la porte lorsqu'elle vit que celle-ci était entrouverte. Elle la poussa et appela. Aucune réaction. Elle se pencha au-dessus de la rampe d'escalier. Sophie devait avoir dévalé les marches pour aller consulter sa boîte aux lettres. Tina héla dans la cage. Sa voix résonna mais, là aussi, elle ne reçut pas de réponse. Elle se décida à pousser la porte tout en appelant Sophie. Les clefs étaient sur la sellette de l'entrée.

Le tour de l'appartement lui apprit qu'il n'y avait personne. En revanche, elle trouva le téléphone sur la table de chevet. Les habits de Sophie pendaient sur une chaise devant l'armoire. Cela n'était pas dans les habitudes de son amie de partir sans ses affaires et sans avoir rangé sa chambre. Le lit était défait, la couette par terre. La salle de bains présentait un désordre rare. Une cuvette de la cuisine se trouvait dans la baignoire. De toute évidence, Sophie était sortie précipitamment. Peut-être une urgence familiale.

Perplexe, Tina remonta chez elle. Elle laissa la porte entrebâillée comme à son arrivée. Si Sophie avait oublié ses clefs, il devait y avoir une raison. Il était grand temps d'aller faire les courses. Elle irait seule et verrait Sophie à son retour.

8. Song au Musée de l'Homme

_ Avez-vous vu le journal ?

_ Oui, dans l'instrumentarium.

_ En haut ou en bas ?

_ En bas.

_ Sur la table ?

_ Oui, oui, c'est cela. »

Comme tous les matins à son arrivée, le professeur Song commença par lire le quotidien qu'il commentait à voix haute pour son assistante, bien que celle-ci ne l'écoutait que d'une oreille distraite.

– Josiane, vous avez vu, la droite et la gauche en appelle au vote utile ?

_ Hum.

_ Pour l'instant, je trouve très difficile de différentier exactement ce qui se trame. Cette dissolution de l'assemblée ne m'évoque rien qui vaille, comme vous dites vous les Français. Tiens, tiens. PARIBAS a vendu son réseau belge. Si vous voulez mon avis, ce sont d'ailleurs des élections mondiales qui ont lieu en ce moment. L'Algérie vote, de même l'Iran. En revanche, oui les Russes renvoient des Premiers ministres, des élus à tour de bras. Les Anglais se sont tous précipités aux urnes.

_ Les Mongols aussi.

_ Vous m'écoutez pour une fois ?

_ Professeur, avec la Mongolie, c'est autre chose.

_ Comment cela différent ?

_ D'après moi, il y a eu un renversement.

_ Bah, en Angleterre également.

_ Vous avez raison, mais en Mongolie, de ce qui se passe là-bas, ici personne ne s'en occupe vraiment.

_ Vous croyez ?

_ Comment voulez-vous que les Mongols votent tous ? Ils demeurent tellement loin les uns des autres. Un pays grand comme trois fois la France, peuplé par seulement deux millions d'habitants.

_ Plus trois millions d'équidés, Josiane.

N'oubliez pas.

_ Oui, moi cela me fait toujours penser à Gulliver et Mistress.

_ Le vote ?

_ Bien sûr que non. Les chevaux !

_ Je vous taquine, Josiane.

_ Ah.

_ Gulliver arrivait par la mer. Continuez.

_ Eh bien, l'homme qui a conduit les Mongols au libéralisme radical a été débouté par un candidat bien plus jeune. Tout le monde se défend toujours d'être communiste dans les nouveaux pays eurasiatiques, mais comment pourrait-il en être autrement ? Les mêmes personnes restent aux postes clefs. Le plus révélateur, c'est que ce scrutin contredit complètement celui de l'an dernier.

_ Qu'est-ce que cela prouve ?

_ C'est cela que je me demande. Je m'interroge sans trouver de réponse.

_ Moi ce que je pense être significatif et horrifiant, je vous l'avoue franchement, ce sont les articles continuellement plus nombreux sur la violence accrue dans les écoles, les lycées. Toutes les situations où l'enfance et la jeunesse priment. Une image perverse de notre mode de vie actuelle. Si seulement les censeurs enseignaient plus la musique et le chant dans leurs établissements, si au moins ils plaçaient le développement spirituel sur un plus haut plan. Et, je ne parle nullement de religion. Josiane, réfléchissez. Plus de quatre-vingt-dix pour cent de la totalité de la population ignorent tout du solfège. Quatre-vingt-cinq pour cent n'ont jamais vu une partition et aucune école primaire laïque n'enseigne un instrument ou, à la rigueur, le chant. C'est absolument inadmissible et pourtant véridique. Un instrument, je peux comprendre que cela soit ressenti comme trop onéreux. Mais, le chant Josiane. Le chant ! »

Le professeur s'emballait sur son cheval favori. L'éducation musicale. Sa cavale impossible à freiner, démarra au galop, n'importe quelle lecture de revue, d'hebdomadaire, de quotidien, de mensuel le remettait en selle.

_ Vous avez raison, professeur. La musique adoucit les mœurs.

_ Vous êtes bien d'accord avec moi, n'est-ce pas ?

_ Comment ne le serai-je pas ? Moi aussi, je lis le journal. L'extradition des narcos trafiquants. La justice argentine qui fait preuve de zèle dans une nouvelle affaire de corruption. La Chine remise à sa place par l'Union européenne.

_ Ah oui ! Parlons-en de Maastricht ! Les gens font vraiment n'importe quoi. Après les vaches folles des Anglais, ce sont maintenant les porcs qui attrapent la peste en Hollande. On leur avait pourtant bien dit qu'il était textuellement interdit de nourrir des mammifères végétariens avec des déchets de protéines animales. Engendrer le cannibalisme chez les espèces herbivores pouvait mener à des catastrophes prévisibles, insurmontables. Vous voyez où cela les a entraînés. Quel gâchis ! Bien que cela ne soit pas ma spécialisation à proprement parler, c'est tout à fait mathématique. À quoi cela sert-il que nous, les scientifiques, nous fassions des rapports, puisque les gouvernements ne nous écoutent pas le moins du monde, se laissent guider par les gains économiques, et surtout ne suivent jamais un seul de nos conseils. C'est ce que me disait encore hier au soir Kremer. Vous le connaissez bien ?

_ Kremer… le spécialiste de la faim ?

_ Oui, celui-là même. Il était triste, le pauvre.

_ Je le comprends.

_ Une phrase de Malraux me revient souvent à l'esprit. Sur le moment, je ne l'avais pas entendue, je la sors d'ailleurs de son contexte. "Vous avez tous les partis de la gauche avec vous, dont l'extrême droite". Vous sentez l'idée ?

_ Très bien oui.

_ À propos, est-ce que Jean-Marc a téléphoné ?

_ Pas encore.

_ Si vous l'avez à l'appareil, dites-lui que

je suis absent. Après tout, je vais vocaliser. À quatre heures, il y a cette femme qui part pour la Mongolie. Je veux l'épater.

_ Bonne chance. »

Song partit dans le studio pour se chauffer la voix. Pendant des heures, il serait enfermé avec pour seuls compagnons les harmoniques et leurs graphiques colorés.

9. Pascal dans le métro

Pascal descendit en chantonnant les escaliers du métro, avec son sac sur l'épaule. D'avoir entendu toutes ces personnes parler de pays étrangers et de voyages à la fête, lui avait donné l'idée. Il s'était décidé pour un week-end de vagabondage. L'envie de faire quelque chose sortant de l'ordinaire l'avait pris tout à coup. Il partait trois jours à Amsterdam, sans autre raison que son plaisir personnel. Il se sentait en pleine forme, il était à l'heure. Sûr qu'il allait réussir à bien se défouler. La préposée aux billets lui avait assuré ce matin qu'il n'y aurait aucun problème. Comme les horaires des trains étaient plutôt incertains en raison des grèves de ces derniers temps, Pascal avait opté pour le bus. Être chez lui à s'ennuyer ou là, mieux valait ce trajet un peu plus long. De cette manière, il arriverait au moins quelque part.

Les couloirs étaient pratiquement déserts. Pascal aimait à se voir dans le ventre de la capitale, petite boulette de chair dans les boyaux de Paris. L'asphalte noir des tunnels reluisait. Il s'interrogeait, se demandant s'il s'agissait de la couleur initiale, ou bien de la crasse accumulée pendant plusieurs décennies de semelles battant et frottant le bitume souterrain.

Aujourd'hui, personne ne savait qu'il prenait un bus pour la métropole des tulipes. Cela l'enchantait, donnait du mystérieux à sa vie. À la boîte, ils allaient tous à la campagne, en famille, dans leur pavillon, ou bien dans leur troisième deuxième résidence. Lui aussi aurait pu rejoindre ses parents à Antibes, mais il avait prétexté un travail urgent à terminer.

_ Je ne peux pas quitter Paris, Maman. J'ai une proposition à remettre mardi.

_ Mais enfin Pascal ! C'est la Pentecôte.

_ Eh oui. Je sais, je sais petite Maman chérie.

_ Tu as mangé au moins ?

_ Mais oui, Maman. Ne t'inquiète surtout pas. Je vais très bien.

_ Je te téléphonerai demain.

_ Surtout pas. Je branche le répondeur pour ne pas être dérangé. C'est moi qui t'appellerai.

_ Alors, je te laisse.

_ Oui, c'est ça.

_ Au revoir.

_ Au revoir Maman. Embrasse Papa pour moi.

_ Je n'y manquerai pas. »

Il avait raccroché soulagé, libéré, trépidant de joie à l'idée d'avoir doublé sa mère. Pour fêter l'événement, il était descendu au bistrot du coin boire un diabolo menthe. Une folie qu'il se payait chaque fois qu'il réussissait à la mettre dans sa poche. Pourquoi cette boisson ? Nul n'aurait pu le dire, mais les bulles et la fraîcheur le remplissaient d'une joie sereine qu'aucun alcool n'aurait été à même de lui procurer. Pascal, dans le fond, était plutôt un fils attentif, mais quelquefois il se devait de s'évader. Il avait bien essayé d'expliquer cela à ses parents, mais sa mère refusait absolument de comprendre que, de temps en temps, il éprouvait ce besoin impératif d'être autre part qu'avec elle pour ses congés. Il voulait une vie à lui, avec des secrets, des anecdotes, des histoires qui ne soient qu'à lui. Il ne buvait que rarement à outrance et il ne fumait jamais de tabac. Il trouvait ses plaisirs sexuels, seul en face d'un magazine de lingerie féminine lorsqu'il n'avait pas de petite amie. Pour le moment, il était dans l'une de ces périodes où il pouvait tout se permettre. Il était en plein célibat. En fait, la raison majeure pour laquelle il avait voulu éviter Antibes était que sa mère se plaindrait encore qu'il ne lui amenât pas de bru en instance. Pas de sa faute si avec les filles cela ne marchait pas bien. Il avait été trop cajolé, il attendait de ses compagnes plus que celles-ci ne pouvaient lui offrir. Il avait le temps. Il verrait bien venir.

10. Jeanine dans le bus 76

Jeanine rêvassait.

Bernard allait la houspiller. Encore une fois, Jeanine s'était laissée tenter. Il allait lui reprocher d'avoir dépassé son budget. Dans le fond, il n'aurait assurément pas tort. Elle passerait le moment du sermon sans problème. Ensuite, elle pourrait jouir de sa nouvelle acquisition. Les grands coquelicots rouges au pistil noir ardent l'avaient attirée. Elle avait craqué. C'était plus qu'un simple tissu à fleurs ; les pétales s'entremêlaient dans une furie de sang apocalyptique. Une corrida meurtrière, ensoleillée, la drapait tel un gladiateur vainqueur dans sa toge après le combat.

_ Mon mari va encore être fâché. J'ai trop dépensé. Mais, que voulez-vous, tout est tellement cher ! Et la carte bleue facilite les achats. »

Elle prenait sa voisine du moment à témoin, sortit de son sac en plastique aux majuscules criardes un soutien-gorge beige rembourré d'armatures solides.

_ Cent soixante-quinze euros. À ce tarif-là, vous pensez bien que ça va vite.

_ C'est vrai. Dès qu'un billet est entamé, il file, on ne s'aperçoit de rien.

– Ça vous fait cela aussi ?

_ Oh oui !

_ Vous savez, je me suis payé une robe de chambre. Il va dire que je n'en avais pas besoin.

_ Oui.

_ Elle me va à ravir. Je suis bien de ma personne, alors j'aime m'arranger.

_ Vous avez entièrement raison. »

Sa voisine du moment trouvait inutile de la contredire. Elle comprit que la femme à son côté devait se confier un brin avant d'affronter l'orage qui l'attendait au foyer.

_ Il va dire : "Et comment vas-tu payer le loyer maintenant" ?

_ Il doit bien avoir l'habitude.

_ Oh non ! Je ne suis pas dépensière.

_ Ah bon. Je vais à la gare routière Gallieni, savez-vous si ce bus y passe ?

_ Oui, justement. C'est sur mon trajet.
Nous pouvons faire la route ensemble. Généralement, je descends plus loin, mais je vous
indiquerai le chemin.

_ Merci beaucoup.

_ Oui, le 328 s'arrête pratiquement devant
ma porte. Si j'avais été seule, j'aurais conti-
nué, mais puisque vous êtes là, je changerai
comme vous.

_ Vous êtes trop aimable.

– Vous partez où ?

_ Je me rends à Amsterdam.

_ À Amsterdam ! Et vous mettez combien
de temps ?

_ Théoriquement sept heures et demie,
mais ça peut durer plus, suivant la circulation
et la douane.

_ Vous avez des connaissances par là-
bas ?

_ Oui une amie. J'y vais pour le week-end.

Avec les grèves, les transports ferroviaires sont plus qu'incertains. C'est pour cela que je prends le bus.

_ Au moins, vous êtes sûre d'avoir votre trajet assuré.

_ Oui. Et rester dans le bus ou le train, c'est du pareil au même. De toute façon, j'ai horreur de voler.

_ Moi aussi. Bernard, c'est mon mari, lui ça lui est égal. Mais moi, pas de danger que je monte là-dedans.

_ Avant, j'ai beaucoup voyagé en avion. Puis maintenant, c'est devenu impossible pour moi de le faire.

_ Nous, nous allons passer les vacances à la campagne dans la maison de ma sœur.

_ C'est bien.

_ Oui, c'est très bien, vous savez. Il y a tout le confort, piscine et tout et tout.

_ C'est impeccable.

_ Autour de nous, il y a toutes les nationalités. Un Allemand, un Suisse, un Italien, nous les Français, deux Anglaises, et depuis cette année, un Hollandais.

_ Ah, c'est international.

_ Oui, oui. L'année dernière, je dois vous dire que le Suisse là-bas, il a organisé une fête, un barbecue quoi. Une sorte de raout, comme on dit maintenant, pour se présenter aux voisins. Moi, je lui ai dit : "Excusez-nous, mais nous ne sommes pas les propriétaires". "Ça ne fait rien" qu'il a répondu, "je verrai votre sœur plus tard. Puisque vous êtes ici, eh bien, venez".

_ Très sympathique.

_ Oui, il est vraiment très aimable. Nous avons mangé, je ne vous dis que ça !

_ Il y a une déviation ?

_ Oui, mais ne vous inquiétez pas. Un peu plus loin, il reprend la route habituelle avant Gallieni.

_ Heureusement. »

11. Guillaume parle aux policiers

Le policier revenait vers lui et Guillaume le regarda avec intérêt. L'homme était grand, au moins un mètre quatre-vingt, avec des cheveux ambrés, coupés courts.

– Bonjour. Nous allons peut-être vous demander de venir avec nous au bureau. » Guillaume acquiesça. Il pouvait difficilement refuser.

– Je suis l'inspecteur Lemoine. Mathieu Lemoine et voici mon collègue, l'inspecteur Chaboisseau. Alain Chaboisseau.

– Enchanté, marmonna machinalement Guillaume.

– Veuillez accepter nos excuses de vous avoir fait attendre. Pouvez-vous nous dire exactement comment vous avez découvert le corps. » Guillaume répéta comment il avait emprunté la rue et contourné la petite place et comment au moment de bifurquer dans la rue de Furstenberg, il avait vu une femme allongée par terre devant chez Osborne et Little. Près d'elle, il s'était penché et avait aperçu ce qu'il pensait être l'impact d'une balle. Il avait alors appelé les secours.

– Et d'où veniez-vous à cette heure ?

– Du métro Saint-Germain-des-Prés, descendu de la première rame. Je revenais de chez ma copine.

– Vous avez passé la nuit là-bas ?

– Oui.

– Vous avez son adresse s'il vous plaît ?

– Place Denfert-Rochereau, n° 146.

– Parfait. Attendez une petite minute. » Les inspecteurs Lemoine et Chaboisseau s'éloignèrent de la voiture.

– Je crois qu'il est OK.

– Oui, répondit Chaboisseau, on peut le libérer. Je le vois mal avec un révolver. En outre, la victime a été tuée autre part selon les premières constatations du légiste.

– On enverra Ghislaine et Manuel chez la petite copine pour vérifier. On le relâche après ou tout de suite ?

– Oh, laissons-le partir. On a son adresse et on lui demande de venir pour sa déclaration.

– Bon d'accord. » Ils se tournèrent à nouveau à Guillaume.

– Monsieur, vous pouvez y aller. Excusez-nous pour le désagrément. Voici ma carte. Si vous voulez bien passer au bureau pour votre déposition. » Guillaume prit le bristol que lui tendait Mathieu Lemoine.

– Merci. Je pourrais le faire cet après-midi, si cela ne vous dérange pas. Je n'ai pas de plan. Mais, demain, j'ai des trucs à faire.

– Pas de souci. Aujourd'hui, c'est d'accord. »

12. Marcelle à sa toilette

Malgré ses hanches disjointes, Marcelle arrivait à monter dans la baignoire pour prendre sa douche journalière. Elle avait un escabeau sur lequel elle s'asseyait en première étape. Elle pouvait, en pirouettant sur les fesses et en levant ses jambes à l'aide d'une serviette de toilette passée sous ses mollets, atterrir tous les matins sans fracas dans son bain. Là, elle prenait le tabouret, l'installait bien stable et se calait pour faire couler l'eau tiède sur son corps menu sans plis malgré ses quatre-vingt-quatre ans. Elle aimait ce moment de la journée où, seule, elle se débrouillait dans son escalade, son escapade. Elle s'ébrouait, se sentait libre, autant que pendant son rêve, pourtant elle restait immobile mis à part son bras droit qui dirigeait le jet salvateur. Lorsque l'eau avait fini de couler, sa toilette terminée, elle attendait encore un peu sans bouger, pour se sécher, regardant les gouttelettes ruisseler sur son ventre dédaigné par la maternité. Elle aimait son corps bien qu'il l'entravât plus d'une fois. Elle connaissait la joie de vivre. Une à une, les perles transparentes disparaissaient de son épiderme soyeux. Sa toison blonde brillait et elle pensa qu'aujourd'hui elle se mettrait en bleu, sa couleur préférée.

>

13. L'appartement de Natalie

Grand, mince, les cheveux châtain clair, coupés ras, Alain Chaboisseau retint la concierge qui désirait pénétrer dans l'appartement.

– Merci, madame. Nous nous en occuperons. »

Madame de Villa aurait bien aimé en savoir plus, mais le ton était impératif. Elle devait rester sur le palier alors que l'autre inspecteur, s'excusant, lui passait poliment devant. Elle jeta un coup d'œil en se tordant le cou. Plus loin que le corridor, elle ne voyait pas grand-chose. Elle put tout de même apercevoir la table de l'entrée renversée avec son pot de fleurs brisé et la terre répandue sur la moquette. Ce devait avoir été une drôle de java, pensa-t-elle pendant que des hommes en combinaison blanche et la tête encapuchonnée la dépassaient.

Dolorès de Villa savait qu'il ne s'agissait

pas d'une fête ordinaire. Autrement, la Crim'
n'aurait pas fait appel à toute une équipe
scientifique. Pour l'avoir maintes fois suivi à
la télé, elle reconnaissait les membres d'un
commissariat au complet. Elle vit le photographe qui entrait lui aussi. Puis, plus rien.
L'inspecteur blond faisait un ou deux pas vers
elle et bouchait tout le couloir.

– Vous pouvez nous attendre en bas. Nous
viendrons tout à l'heure. » Et il lui ferma la
porte au nez.

Dolorès de Villa le trouva bien un peu ca-
valier, mais elle obtempéra sans mot dire.

– T'as renvoyé la pipelette ?

– Oui. Elle sera dans sa loge à espérer des
nouvelles. »

À l'intérieur, la scientifique prenait des
photos et mettait quelques verres dans des
sacs à preuves en plastique.

Le salon était dans un état indescriptible.
Les meubles sens dessus dessous. Le canapé
éventré laissait voir sa bourre et les fauteuils
assortis n'avaient plus rien du bel ensemble en

cuir blanc qu'ils avaient dû former. Un berbère dans les tons camaïeux crème et bleu ciel avait été coupé en deux. Lemoine émit un sifflement appréciatif.

– Tiens. Voilà une moitié de tapis. Pas de doute, on a affaire à un véritable amateur d'art !

– Tu parles !

– Bon, à part ça, on a quoi les gars ? demanda Chaboisseau.

– Beaucoup de mégots, des traces de doigts en veux-tu, en voilà. Donc de belles empreintes des invités. On envoie le tout au labo, » répondit un des hommes.

La chambre, en revanche, était en ordre parfait si ce n'avait été pour les liens qui pendaient à la tête de la couche et la grande flaque d'un liquide brun à l'aspect poisseux sur la courtepointe damassée blanc. Les fourrures d'ours polaire qui faisaient office de descente de lit les fixaient d'un œil vif.

– Eh bien, ça doit quand même valoir du fric tout ça. C'est des vraies peaux on dirait.

– Oui, pas mal le salaire d'une journaliste vedette !

– Elle n'avait certainement pas signé pour la liste écolo. Il me semble que l'ours polaire est une espèce protégée.

– Tu pourrais bien avoir raison. »

Mathieu Lemoine se tourna vers Ghislaine Demonge :

– Notez ça et faites une recherche, sergent.

– Oui, chef. »

Ghislaine Demonge avait une sorte d'adoration pour Mathieu Lemoine. Il est vrai qu'avec son mètre quatre-vingt et ses larges épaules surmontées d'un visage aux yeux d'un vert profond, il avait tout pour plaire aux représentantes du sexe opposé. Toutefois, Ghislaine Demonge ne se faisait aucune illusion. Ce n'était un secret pour personne au commissariat du 6ème que Mathieu Lemoine préférât les hommes en uniforme ou pas. Manuel Lacombe, son coéquipier, ne se lassait jamais de le lui rappeler.

– Bon, les gars, vous pouvez nous dire si

c'est bien ce que je crois. »

Un des scientifiques s'approcha faisant légèrement crisser les pantoufles en plastique qu'il avait revêtues par-dessus ses chaussures, comme toutes les personnes présentes dans la pièce. Il posa sa mallette à côté de la tête d'ours qui la fixait avec sa grande gueule rouge ouverte qui semblait rire ou bien prête à mordre, selon l'état d'esprit du spectateur. Il en tira un vaporisateur à luminol et une lampe pour traiter la tache sur le lit. Les reflets bleus ne laissèrent aucun doute.

– Du sang.

– Il ne nous reste plus qu'à savoir si c'est celui de la victime.

– Je m'en occupe.

– Merci. »

La salle d'eau attenante était méticuleusement bien rangée. Tout était à sa place. Pas un seul grain de poussière. Des draps de bain moelleux et propres sur le porte-serviettes qui attendait d'être éteint.

– Quelqu'un avait l'intention de se doucher.

– Apparemment, oui. »

Après avoir une dernière fois fait crépiter son flash dans tous les recoins et sous tous les angles, le photographe s'enquit si l'on avait besoin de prises spéciales.

– Oui. Il nous en faut de la vue des fenêtres. Vous avez fait les autres pièces et l'entrée ? demanda Lemoine.

– Oui. Mais, je peux rester là au cas où vous en auriez encore d'autres à faire.

– C'est ça. Si c'est possible, ce sera parfait. »

Chaboisseau et Lemoine regardèrent la cuisine. Celle-ci aussi était tout à fait en ordre.

– Tu ne juges pas cela bizarre que celui qui a fait ça ait seulement détruit le salon ? Etait-il instruit d'y trouver ce qu'il voulait ?

– On dirait, oui. Le tout est de savoir s'il l'a déniché. Probablement, autrement il aurait cherché plus loin. »

Tout en parlant, ils ouvraient et fermaient des placards découvrant une batterie de cuisine et une vaisselle qui, de toute évidence, ne servait guère.

– La dame faisait peu de petits plats, on dirait. » Les tiroirs contenaient des couverts et des ustensiles de toutes sortes.

Distraitement, Lemoine s'empara d'une des boîtes fleuries aux lettres d'or annonçant du sucre. Il souleva le couvercle et poussa un juron. Chaboisseau, qui inspectait le placard sous l'évier, releva la tête et sacra lui aussi à la vue du rouleau de billets dans la main de Lemoine.

– Putain ! Il y en a pour un paquet de fric ! »

Une à une, les boîtes à café, sel, céréales, farine révélèrent un contenu analogue.

– Et bien, le taré qui a refait la déco du salon est bien passé à côté du magot.

– Comment a-t-elle eu tout ce fric ?

– Ça, c'est la question à un million, ne put s'empêcher d'ironiser Manuel Lacombe qui faisait irruption dans la cuisine avec Ghislaine Demonge.

– Ben quoi. C'est vrai, non ? Il y en a bien au moins pour un million, insista-t-il comme personne ne riait de sa vanne.

– Bon. Vous deux, vous allez chez la concierge, Dolorès de Villa, et demandez-lui la liste des invités. Elle doit l'avoir, car j'imagine mal que tous aient eu le code d'entrée. La victime lui a forcément dit le nom des personnes qu'elle attendait.

14. Au commissariat

Ghislaine et Manuel étaient revenus de la rue d'Assas. Ghislaine commençait à transposer la liste de noms de son calepin sur un grand tableau transparent où étaient fixées quelques photos de l'appartement et de Natalie Villemain quand le commissaire Lefebvre entra dans la pièce.

– Ils sont où Lemoine et Chaboisseau ? s'enquit-il de sa voix de stentor.

– Rue de Furstenberg. Ils sont sur le chemin du retour.

– Bon. Envoyez-les moi dès qu'ils sont là. »

À peine avait-il prononcé ces paroles que les deux inspecteurs arrivaient, tous les deux avec un gobelet de café à la main.

– Dans mon bureau vous deux, tout de suite. »

Lemoine et Chaboisseau lui emboîtèrent le pas. Ils connaissaient le patron et avaient compris à son ton qu'il devait y avoir quelque chose de grave.

La porte refermée, Lefebvre leur fit signe de s'assoir. Il prit lui-même place derrière son bureau.

– Inhabituel dans notre secteur, mais on vient de retrouver le corps d'une autre jeune femme près du jardin du Luxembourg. Lafarge et Dumoulin sont sur le coup. Il s'agit d'une journaliste. Tuée par balle, elle aussi. Elle travaillait dans la même équipe que Natalie Villemain. Son nom, il consulta une fiche, Christiane Laroche. Vous passerez à la rédaction de Paris-Soir. Encore une chose. Allez-y tout doux. Christiane Laroche est la fille du député Laroche, de l'Indre. »

Lemoine et Chaboisseau quittaient le bureau du commissaire quand Lafarge et Dumoulin faisaient surface.

***

Les fenêtres de l'appartement de Laure Mille-pertuis offraient le spectacle du Lion de Belfort dressé sur la place Denfert-Rochereau. Les doubles vitres préservaient agréablement du bruit de la circulation souvent intense en cet endroit de Paris. En outre, la protection calorique était optimale. Laure avait écouté avec horreur mêlée d'une pointe d'admiration le récit de Guillaume.

Peu avant son appel téléphonique, elle avait reçu la visite de deux agents de police qui l'avaient interrogée de manière insistante sur Guillaume. Ils voulaient savoir depuis quand datait leur rencontre, s'il avait passé la nuit chez elle, si elle croyait bien le connaître. Questions pour le moins très personnelles, avait-elle pensé. La jeune femme parlait poliment et semblait presque gênée de la soumettre à l'interrogatoire, mais le policier masculin était franchement désagréable avec un humour lourd, déplacé dans les circonstances selon Laure.

Elle se rappelait leurs noms : Ghislaine Demonge et Manuel Lacombe. Enfin, ils étaient partis et presque aussitôt Guillaume avait téléphoné et l'avait rejointe. Il était per-

turbé par la découverte du petit matin. La télévision allumée relatait les faits en continu.
BMTV faisait ses choux gras de ce genre
d'événements nommés informations.

Laure servit à Guillaume un café corsé et
prit pour elle une tasse de Earl Grey qu'elle
infusa longuement. Guillaume voulait lui raconter la scène dans le menu détail.

– Après avoir prévenu le SAMU,
j'attendais et il m'était impossible de
m'éloigner du cadavre. Après coup, je pense
que j'aurais dû couvrir cette pauvre femme.

– Mais comment ?

– Je ne sais pas. Peut-être au moins lui
mettre ma veste sur les jambes.

– Oui, peut-être. D'un autre côté, elle
n'avait plus besoin de quoi que ce soit.

– N'empêche. Si j'y réfléchis et que je suis
honnête, j'avais surtout peur. J'étais angoissé.
J'ignorais tout d'elle et soudain, elle était devenue une personne importante pour moi.
D'un côté, j'appréhendais de la fixer ; de
l'autre, elle me fascinait. Sur le trottoir, le

rouge d'une bouche d'incendie m'hypnotisait littéralement. Je me rappelle avoir pensé la couleur trop violente. Bleu aurait mieux convenu à la situation. Plus doux, le bleu. On les remarquerait aussi bien, tu ne trouves pas ?

– Oui, certainement. » Laure s'inquiétait pour Guillaume. Sa conversation décousue… ses yeux qui ne voyaient rien et semblaient éviter son regard… Guillaume était inconscient de la gêne occasionnée par ses élucubrations sur la couleur de l'ameublement municipal ! Il continua ainsi à divaguer un peu sur tout et rien. Il voulait simplement ressentir la présence d'un être vivant. Se savoir compris. La confrontation, en plein Paris, au petit matin, avec une femme morte, abandonnée sur un trottoir comme une poubelle le faisait frissonner. Il était en état de choc. Lorsqu'il aborda avec sérieux la couleur des palissades dissimulant les travaux et celle des poteaux vert et blanc, Laure embrassa à quel point son ami était ébranlé.

– Tu vas rester ici cet après-midi et ce soir nous dînerons ensemble. Ensuite, nous aviserons. »

Que Laure prenne son bien-être en main apaisa son esprit et Guillaume se laissa aller au sentiment de chaleur qui l'envahissait. Il se sut compris et aimé.

15. Hôtel Krasnapolsky

De l'hôtel Krasnapolsky d'Amsterdam éma-
nait un charme désuet malgré l'aspect cossu
de son ameublement. Le salon de thé, près de
la réception, respirait le calme avec ses trois
fenêtres donnant sur la plus grande place de la
ville, celle du Palais. Les immenses baies vitrées étaient encadrées de doubles rideaux à
rayures blanches et rouges, agrémentés de petits pompons assortis, accrochés tous les dix
centimètres, ornant la lisière de boules minuscules, dansant dans les courants d'air provoqués par les garçons qui passaient en coup de
vent, glissaient sur la moquette, emportaient
leurs plateaux chargés vers des clients atten-
tifs. De l'autre côté de la vitre, les marquises
assorties, aux striures plus larges, dispersaient
leur ombre légère ; leurs grands volants se
prélassaient dans la brise rafraîchissante. Les
tables de marbre vert foncé veiné de blanc
crémeux aux pieds frisant l'empire, contras-

taient avec les fauteuils en bois recouverts de tapisserie, dans les camaïeux couleur brique délavée et émeraude pâle mêlée de jade languissant et tels de gros crapauds tranquilles épiaient les passants. La moquette d'un vert discret, tout en restant vif, était parsemée de médaillons saumon, étoilés d'or.

En dépit des hommes d'affaires aux conversations téléphoniques vagissantes, l'ambiance demeurait feutrée. Des touristes, des gens de passage, faisaient un arrêt. La frontière entre le salon de thé et le hall proprement dit était confuse, floue, imprécise, non délimitée, ayant subi l'assaut d'une décoration identique. La même moquette, les mêmes tapisseries recouvrant les mêmes fauteuils, seuls plusieurs divans autour de tables basses entourées de plantes vertes répandaient une illusion d'intimité. D'énormes compositions florales aux teintes pastel, savamment dispersées çà et là, complétaient la sensation de bien-être. Des fresques navales, où le drapeau hollandais dominait sur chaque embarcation, perçaient des trous de ciel dans les murs coquille d'œuf foncé, éclairés par des appliques en cuivre fauve surmontées de bougies électriques. Les lustres, également rutilants, dorés, polis, tarabiscotés, étaient de grands bouquets où foisonnaient les chandelles.

L'hôtel était surtout fameux pour son jardin d'hiver et sa salle de meetings où grand nombre de personnalités politiques s'y affrontaient les jours de débats ouverts.

Marina occupait une chambre du troisième étage. Elle avait été invitée pour participer à un forum lors d'une conférence internationale sur la condition féminine. Venant de Moscou, elle parlerait des femmes russes. Elle connaissait à fond le sujet. Nonobstant, elle était loin d'être féministe, bien que le sort de ses semblables l'intéressât au plus haut point, elle se mobilisait au maximum pour essayer d'améliorer leur position. Elle ignorait absolument si le fait de participer à de tels colloques pourvoirait à un changement quelconque, mais elle était heureuse de se trouver dans une ville de l'Ouest. Elle sautait sur toute occasion pour réaliser ce désir.

Ici, la vie était tellement facile, d'autant plus qu'elle était complètement prise en charge par le comité d'organisation. Bien que travaillant encore plus qu'à Moscou, elle se sentait en vacances. Et cette excursion la parerait d'une auréole de prestige auprès de ses collègues du quotidien moscovite.

Elle était arrivée ce matin de bonne heure de Paris. Elle repensait à la journaliste, Natalie Villemain qui l'avait invitée la sachant venir à Amsterdam. Un détour par la capitale française n'avait pas été pour lui déplaire.

Vendredi

16. Les éboueurs

L'homme surveillait les éboueurs de sa fenêtre. Dissimulé derrière le rideau, il les observait. Ils avançaient dans la rue, ramassaient un à un les sacs poubelle en plastique noir. Bientôt, ils seraient devant sa porte. Une délicieuse angoisse le prenait à la gorge. Il avait envie de hurler. Il appuya son front contre la vitre. Il entendait son cœur battre et l'assourdissement de son sang faisait souffrir ses tympans. Le véhicule des ordures ménagères roula à nouveau sur deux ou trois mètres. Il distinguait maintenant chaque doigt des gros gants de cuir empoigner les poubelles et les jeter dans la benne. Le camion faisait route vers lui. Il ne pouvait observer les détritus broyés par le mécanisme, mais il pouvait l'imaginer. Il avait pris ses précautions et il avait enveloppé les paquets dans trois sacs. Si l'un d'eux crevait, les éboueurs en remarqueraient le contenu sans pouvoir identifier les entrailles. De cela, il en était certain. Mais, on n'était jamais à l'abri d'un accident. Derrière la vitre, l'individu grimaça de manière significative.

Le ramassage s'effectuait maintenant sous ses fenêtres. Il vit l'un des préposés s'emparer du sac mis sur le tas quelques minutes auparavant. Sans y prêter une attention particulière, l'homme en vert le projeta dans la benne et revint pour en prendre d'autres. Un dans chaque main, il les balança, sans effort sembla-t-il, dans le bac. Son collègue effectuait une manipulation identique avec des sacs entassés sur le trottoir d'en face.

Derrière les carreaux de la fenêtre, le regard de l'homme se focalisa sur l'arrière du camion quand celui-ci parcourut une dizaine de mètres pour s'arrêter devant le prochain tas à enlever. Il n'y avait plus rien à voir. Le sac avait disparu et son contenu avec lui.

17. À la rédaction de Paris-Soir

La pièce du rédacteur en chef s'ouvrait sur la salle où les bureaux des journalistes, avec leur ordinateur, s'abritaient derrière des parois en verre sur trois côtés, le quatrième donnant sur l'open space.

La nouvelle était dure. Timothey Beigbeder, effondré dans son fauteuil, semblait comme anéanti par l'information. Il écoutait les deux inspecteurs en face de lui. Chaboisseau et Lemoine venaient de lui annoncer le décès de deux de ses collaboratrices et la manière dont elles avaient été toutes les deux supprimées. Une balle dans la tête. Il en frémissait encore.

— Savez-vous exactement sur quels dossiers elles travaillaient en ce moment ? demanda Lemoine.

— En fait, elles étaient toujours sur plusieurs cas à la fois, comme nous tous. Elles avaient de même une affaire en duo. Du lourd apparemment. Beaucoup plus qu'on ne le pensait. Et elles faisaient aussi une recherche sur l'environnement.

– Vous pouvez préciser pourquoi c'était du sérieux cette histoire d'environnement ?

– Oh ! ça, c'était presque de la routine. Des déchets versés aux mauvais endroits, des pesticides interdits néanmoins utilisés. Ce genre de trucs, quoi. Non, ce qui était plus lourd, c'était les autorisations délivrées par un député qui s'est supprimé, Weber. Elles voulaient tirer cela au clair. Il ne risquait pas grand-chose, alors, dans ce cas, pourquoi se suicider ? Il y avait aussi l'histoire du soldat mort en exercice dont on a affirmé qu'il avait été tué dans une mission en rapport avec ses fonctions. Christiane était particulièrement remontée sur la question. Mais, le contact était celui de Natalie.

– Mais, Christiane Laroche était la fille du député, remarqua Lemoine.

– Oui, mais bon… je ne vois pas le rapport, répondit Beigbeder.

– Vous savez qui lui transmettait ses informations ?

– Non. Ni l'une ni l'autre ne révélait ses sources. Toutefois, ce devait être quelqu'un de très haut placé. C'est clair. Avec le genre de renseignements qu'il lui passait.

– On recherche donc un « il » ? demanda Chaboisseau qui lui aussi voulait faire entendre sa voix.

– Vous en connaissez beaucoup des femmes députées qui se taperaient une belle fille comme Natalie ?

– Probablement pas.

– Et, vous croyez qu'il aurait pu leur tirer une balle dans la tête ? enchaîna Chaboisseau.

– Lui, je ne pense pas, répondit Beigbeder. Mais, des contacts à lui, sûrement. Les plomber, c'est plutôt expéditif, n'est-ce pas ? Elles ont dû toucher un nerf sensible, très sensible.

– Elles n'avaient pas reçu des menaces, un avertissement ?

– Pas à ma connaissance, non.

– On pourrait voir leur poste de travail ?

– Par ici, s'il vous plaît. »

La rédaction était en effervescence. Tous avaient appris la nouvelle. Beaucoup déjà même avant de venir, l'avaient entendue à la radio. Chez eux ou dans leur voiture.

Beigbeder précéda Lemoine et Chaboisseau vers le fond de la salle opposé à son bureau. On avait réuni quatre tables pour former un espace commun.

– Elles travaillaient avec d'autres journalistes ? demanda Chaboisseau.

– Oui. Vous savez, c'est le principe de l'open space ! Si les gens collaborent entre eux, c'est possible de se regrouper à deux, trois ou quatre comme ici. Mais, un seul bureau à part le leur était occupé en ce moment. Celui de Michel Larivée. Gérard Ampeau est en reportage. Il est parti hier.

– On va devoir saisir toutes les affaires des deux victimes. La scientifique va venir les chercher.

– Oui, oui. Je comprends.

– Elles n'avaient pas d'ordinateur portable ? interrogea Lemoine.

– Si, bien sûr. Ils doivent être chez elles. Elles ne les quittaient pas. Tout comme leur téléphone. Elles ne s'en séparaient même pas pour aller aux toilettes. »

À ce moment, les hommes de la scientifique approchaient avec de grands cartons pour emballer les affaires des deux bureaux. Les journalistes présents n'avaient pas besoin d'explications. Ils en connaissaient la signification.

– Vous avez eu une fête ici ?

– Ah ! Vous voulez parler de la célébration pour le prix de Natalie et Christiane. En fait, nous avons eu un pot, puis nous sommes allés à l'hôtel Résidence dans la rue d'Assas, à côté de chez Natalie. Elle connaissait le propriétaire qui lui a fait une réduction pour la salle. Je crois même qu'il l'a fait gratuitement. Elle avait un jour fait un reportage sur le directeur. Il faudra vous renseigner près du comptable. C'est lui qui gère ce genre de trucs.

– Et, ensuite, vous êtes allés chez Natalie pour terminer la soirée ?

– C'est exact. La salle de l'hôtel devait être libérée à neuf heures et Natalie a offert à plusieurs d'entre nous de finir la fête chez elle. C'était la porte voisine.

– Quand vous dites « plusieurs d'entre nous », vous y étiez donc aussi ?

– Oui, bien sûr.

– Quelle était l'ambiance ?

– Bof… festive. On était déjà un peu éméché, du moins ceux qui buvaient de l'alcool. On parlait chacun de nos intérêts du moment.

– Vous ne vous rappelez personne, ou un sujet, en particulier ? » Beigbeder plissa le front sous l'effort de mémoire.

– Pas vraiment. Il y avait plusieurs personnes que Natalie et Christiane avaient connues au cours d'un reportage précédent. Une voisine de Natalie aussi, une infirme. Elle marchait avec une canne. Un pigiste que je n'avais pas encore vu à la rédaction. Les gens du dessus, je crois. Un gars qui parlait de la Mongolie, de chant diphonique. Il a même fait une petite démonstration. Impressionnant, je dois dire. Enfin, la faune habituelle. Je suis parti de bonne heure. Un peu avant minuit. Oui, c'est ça. Un peu avant minuit. Quelqu'un m'a demandé si je devais prendre le dernier métro. En sortant, il y avait un gars en chaussettes. Pour être précis, j'ai d'abord cru qu'il marchait dehors sans chaussures. Puis, j'ai vu qu'il avait mis des chaussettes par-dessus ses godasses. Cela se devinait à la pointe des pieds qui était beaucoup plus grosse que des orteils. Ses talons aussi. Des épaisses chaussettes de laine. Des chaussettes de bidasse grises.

– Pour revenir à l'hôtel, il y avait combien de personnes selon vous ?

– Je dirais, une bonne soixantaine.

– Et chez Natalie ?

– On devait être vingt, vingt-cinq, trente. Je n'ai pas compté, mais c'est l'impression que j'avais.

– Nous vous remercions, dit Lemoine, et

nous vous demandons de bien vouloir passer au commissariat dans la journée pour votre déposition.

– Oui. Bien entendu. Aucun souci. »

La scientifique avait tout emballé et mis les boîtes sur un chariot. Les hommes se dirigeaient vers l'ascenseur. Lemoine, Chaboisseau et Beigbeder les suivirent.

18. La vidéo de surveillance

Ghislaine Demonge et Manuel Lacombe visionnaient les vidéos de surveillance. Il n'y avait pas grand-chose à examiner, les rues étant pratiquement désertes. Sur l'une d'elles, on voyait une Mégane certainement grise, l'enregistrement en noir et blanc ne permettait pas plus de précision quant aux couleurs. La seule chose indubitable était que la voiture était de nuance claire. Grise était l'option la plus probable. Ils n'imaginaient pas une Mégane jaune ou bleu ciel et encore moins rose circuler dans les rues de la capitale. Si le véhicule avait attiré leur attention, c'est qu'elle apparaissait à plusieurs endroits dans le périmètre la même soirée. Mais, il n'était nullement interdit de se promener en voiture dans Paris la nuit. De plus, elle roulait à une allure correcte. Sans réfléchir, à un moment où l'on voyait bien l'arrière, Ghislaine Demonge nota l'immatriculation.

– Tu fais quoi là ? lui demanda Manuel Lacombe.

– Rien. Je relève le numéro.

– Bon, ça, c'est clair ! Mais pourquoi ?

– Comme ça. On ne sait jamais.

– Eh ben… si tu t'amuses à écrire tous ceux des voitures qui passent…

– Parce que t'en vois beaucoup toi ? C'est la seule dans la rue de Vaugirard. Et elle roule aussi sur les quais et sur le boulevard Saint-Germain.

– Je te ferais remarquer que sur les quais, il y a quand même pas mal de voitures.

– Oui, mais toutes ne font pas demi-tour pour aller sur le boulevard. En venant de la rue de Vaugirard, ce n'est pas logique.

– Je te l'accorde. D'un autre côté, cette Mégane roule et ne s'arrête nulle part.

– Ça, on ne peut pas le savoir. Les caméras ne couvrent pas tous les recoins. Qui te dit qu'elle ne l'a pas fait quelque part l'espace d'un instant…

– Genre pour déposer un corps ?

– Oui. Juste le temps de déposer un paquet et de repartir.

– Si tu y vas comme ça… Tout est possible. Mais, alors pourquoi pas la Citroën ou l'Audi ? »

Leur discussion fut interrompue par Lemoine qui leur remettait une autre bande à visionner.

– Les gars, regardez celle-là en urgence et faites-moi un topo. C'est la dernière conférence de presse du Président avec Laroche et Villemain. Notez leurs questions, les réponses, etc. Pendant ce temps, nous, on épluche leur agenda. »

Lemoine pénétrait juste dans le bureau qu'il occupait avec Chaboisseau comme un membre de la scientifique venait à sa rencontre.

– On a trouvé leurs dossiers. Elles partageaient toutes les deux un compte Dropbox et on a le mot de passe. Tenez, voici les coordonnées. Vous voulez qu'on imprime tous les documents ?

– Oui et faites-en plusieurs copies. »

Lemoine s'installa derrière son ordinateur et entra les données qu'on venait de lui remettre.

– Bien, cela va nous faciliter la tâche. » Il ouvrit la Dropbox de Natalie Villemain et parcourut les documents. Chaboisseau, qui se penchait derrière lui, émit un sifflement.

– Eh bien ! Va falloir décortiquer tout ça !

– Pas tout, je crois. J'ai demandé qu'on nous fasse une copie chacun et un exemplaire pour Lafarge et Dumoulin. On en est où avec la liste des invités ?

– Personne n'est fiché. Même pas pour une prune. Par recoupements avec les dossiers, on retrouvera peut-être ceux qu'elles avaient rencontrés au cours de reportages.

– La famille ?

– On les contacte. Fradet s'en occupe. »

Chaboisseau prenait une feuille de papier

sur sa table et se mettait à inscrire des noms sur le tableau où des portraits des deux victimes étaient accrochés quand le commissaire Gérard Lefebvre les appela de son bureau.

– Fermez la porte et asseyez-vous. » Lemoine et Chaboisseau obtempérèrent.

– On vient de retrouver le corps d'une autre jeune femme dans la fontaine de la place Saint-Sulpice. »

Il étala quelques photos sur son buvard.

– Apparemment, cela n'a aucun rapport avec les deux autres. Un passant l'a découverte ce matin. Il a vu un sac poubelle dans l'eau et prévenu la police. La femme était bâillonnée. Son visage portait de nombreuses ecchymoses. Ses poings et ses chevilles étaient liés ensemble derrière son dos.

– On s'en occupe aussi ?

– Oui, jusqu'à preuve du contraire. On ne sait jamais. Lacombe et Demonge ont fait le premier constat. J'ai mis Lafarge et Dumoulin au courant. Ils arrivent. Dès qu'ils sont là, je veux tout le monde en salle de crise.

– Bien, monsieur. » Lemoine et Chaboisseau quittèrent le bureau du patron et regagnè-
rent le leur.

19. En Provence

Allongée sur sa chilienne au bord de la piscine, Jeanine jouissait de la musique des cigales qui craquetaient alentour. Comme elle l'avait prévu, Bernard avait explosé l'autre soir à la vue de ses achats. Mais, ce matin, tout était oublié. Lui aussi était bien décidé à profiter au maximum de ces vacances de pacha. Tous les ans, sa sœur leur faisait ce cadeau de rêve. Un mois dans un décor de star du cinéma. La somptueuse villa blanche, à flanc de colline, surplombait la vallée du Vaucluse. Le mont Ventoux exhibait son sommet escarpé et tapageur dans les rayons de soleil de fin d'après-midi. Les cyprès entouraient de leur silhouette roide les champs de lavande aux ondes mauves et violettes, alternant avec les oliviers où les cigales chahutaient.

Ils avaient pris le train de nuit et étaient descendus à Orange. De la gare, un taxi leur avait fait franchir les quatre-vingts kilomètres les séparant de l'éden où ils pouvaient se reposer loin des cris, des puanteurs, de l'enfer, des flammes de Paris. Sitôt la grille de la propriété passée, un autre monde les enveloppait. Invisible de la route qui, tel un serpent, se faufilait et glissait entre les abricotiers, le mas, tapi dans l'ombre d'immenses cyprès offrant leurs fuseaux au ciel, surprenait le regard à un détour du lacet de gravier. Les portes rondes et vitrées invitaient le voyageur à entrer. Les gardiens arrosaient abondamment les plantes de la terrasse à moitié camouflée, croulant sous la profusion de vert tendre, de vert émeraude, de vert foncé, de branchages et de fleurs, de couleurs exubérantes à l'assaut des murets, des marches de pierres et des traverses de voie ferrée. Des artichauts et du pourpier étalaient leurs étoiles blanches, rouges, jaunes en guise de bienvenue.

Maria et Pierre, plus prosaïques, s'emparaient des valises et des sacs, après les effusions d'usage. Comme à l'accoutumée, après avoir traversé la grande salle du rez-de-chaussée, Bernard et Jeanine se propulsaient au bord de la piscine, se laissaient servir une boisson colorée, abrités des rayons aveuglants par les parasols.

Bernard n'en pouvait plus de bien-être, il bâillait, s'étirait, clignait des yeux. Bientôt, incapable de résister plus longtemps à la tentation de la surface de jade aux promesses rafraîchissantes, il quittait pantalon et chemisette pour se laisser tomber à la renverse et inonder les degrés supérieurs de l'escalier qui permettait d'accéder progressivement au bain.

_ Elle est bonne.

_ Oui, je te crois. »

Après quelques brasses, il revint s'allonger auprès de Jeanine qui savourait cet instant. Enfin se déroulait l'horizon pommelé et pointu qui serait le sien pendant un mois avec, à ses côtés, son homme.

20. En salle de crise

Chaboisseau terminait d'écrire des noms sur le grand tableau. Un à un, ses collègues prenaient place sur les chaises disposées en rangs d'oignons autour de l'estrade. Le commissaire Lefebvre prit la parole :

– Bon. Nous avons le corps de trois femmes. Toutes les trois ont été tuées pendant la nuit et, de toute évidence, elles ont été trimballées. Pas une des trois n'est morte à l'endroit où nous l'avons découverte. Deux sont des journalistes et collègues d'une même rédaction : *Paris-Soir*. On ne connaît pas encore l'identité de la troisième, ni s'il y a un rapport quelconque entre elle et les deux autres. D'après ce que l'on sait, les deux journalistes ont été assassinées d'une balle dans la tête. Pour la troisième, on attend le résultat de l'autopsie. Michel, tu peux nous en dire plus ? »

Le dénommé Michel était Michel Bertrand, le médecin légiste.

– Il me faudra faire un examen plus appro-
fondi mais, d'après mes premières constatations, la jeune femme serait décédée d'une
hémorragie interne occasionnée par une éviscération pratiquée par le vagin. Ce qui, d'une
part, a dû générer une grande quantité de perte
de sang et, d'autre part, une mort assez lente.
Par ailleurs, cela explique qu'il n'y ait aucune
trace de blessures apparentes. »

Bien que tous les policiers présents soient
habitués à voir des crimes de toutes sortes,
certains ne purent retenir une grimace de dé-
plaisir à l'énoncé de celui-là qui signifiait que
le meurtrier devait être un détraqué vicieux.
Michel Bertand continua :

– Pour faire un tel carnage, il faut de solides connaissances du corps humain, des cou-
teaux super tranchants, j'opterai pour un ou
plusieurs scalpels ou tenailles de chirurgie et
une volonté farouche de vouloir faire ce travail. Comme il n'y a aucun signe de lutte, j'en
déduis que la victime devait être droguée.
J'attends les résultats de l'analyse toxicologi-

que à ce sujet. » Il respira un grand coup. « Pour les deux autres jeunes femmes, la mort a été instantanée. Une balle dans la tête pardonne rarement.

– Merci. Lefebvre reprenait la parole. Nous savons que Laroche et Villemain travaillaient sur des dossiers plus ou moins sensibles. Elles venaient aussi de recevoir un prix avec l'équipe de rédaction. Il y a eu une fête à laquelle elles avaient convié des collègues, des membres de leur famille respective et des gens rencontrés au cours de reportages. Il semblerait que la concierge ait pu nous fournir la liste des invités à l'appartement de Natalie Villemain où la fête s'est poursuivie en soirée et probablement une partie de la nuit. Demonge et Lacombe, vous avez parlé à la pipelette. Qu'en pensez-vous ?

– Pour ce que nous avons pu en comprendre, elle a bien eu toutes les personnes sur la liste, mais comme certains partaient déjà dans la soirée, elle a laissé la porte ouverte vers les onze heures et elle s'est endormie devant la télé. Quand elle s'est réveillée, il était trois heures et demie, ce qui a permis à n'importe qui d'entrer ou de sortir.

– Au moins, elle est honnête. Et, pour les invités, c'est la liste ? » Lefebvre faisait un signe de tête en direction du tableau.

– Oui, répondit Chaboisseau. Dans la colonne de droite, les collègues et la famille qu'on a pu situer immédiatement et à gauche ceux dont on n'a que le nom pour l'instant. Sauf pour Marina Popova qui est de Moscou et qui est repartie à Amsterdam pour une conférence. Elle avait rencontré Villemain au Salon du livre, à Paris, l'année dernière.

– D'accord. Et pour les autres : Marcelle Fontaine, Pascal Duchamp, Jeanine et Bernard Lamont, Anneke Despentes, Professeur Song… Professeur Song… Ce n'est pas par hasard le gars du chant diphonique ? Je crois qu'il travaille au musée de l'Homme. Je l'ai vu il y a quelques jours à la télévision. Demonge, vous pouvez vérifier, SVP ?

– Marcelle Fontaine habite dans

l'immeuble à côté. On a laissé un message dans sa boîte aux lettres.

– Pascal Duchamp ?

_ On cherche commissaire, il doit être dans les dossiers.

– Je suppose, c'est la même chose pour les autres ?

– La concierge dit que les Lamont sont partis en vacances, l'avant-veille de très bonne heure.

– Ils étaient à la fête ?

– Non, d'après elle. Ils sont en Provence.

– Une adresse ? Un numéro de télépho-ne ?

– Leur portable ne répond pas.

– Bien. Un rapport toutes les heures, même s'il n'y a rien de nouveau. Lafarge et Dumou-lin, quoi de neuf sur l'appartement de Chris-tiane Laroche ?

– Tout était en parfait état. Elle n'a pas été tuée chez elle.

– Retournez-y et inspectez chaque recoin. Soulevez les lames de parquet si nécessaire. Il

faut voir si elle aussi avait un magot de planqué. Ne négligez rien. Pot de crème, boîtes de
conserve. Contrôlez tout. Vous entendez :
TOUT !

– Oui, commissaire. » Dumoulin et Lafarge étaient déjà près de la porte :

– Et vérifiez sa bagnole. Elle doit en avoir
une. Autrement, un abonnement aux taxis.
Mesdames, messieurs, ce sera tout. On y va et
on ne perd pas de temps. C'est le week-end de
la Pentecôte qui s'annonce. Il faut compter sur
des départs. »

21. En campagne lilloise

Il faisait un temps superbe, un ciel d'azur rare sans nuages. Pascal avait son billet aller et retour Paris-Amsterdam en poche. Il se sentait libre dans ce bus pourtant surchauffé. Le conducteur ignorait comment faire fonctionner le thermostat. Les vasistas étaient ouverts à fond, l'air conditionné et la chaleur s'éliminaient mutuellement. Sa compagne de route était absolument charmante, un tantinet fofolle, ce qui n'était pas pour lui déplaire.

_ Savez-vous à quelle heure nous arrivons à Amsterdam ?

_ Théoriquement neuf heures et demie, je crois. Mais, il faut toujours compter un peu plus.

_ Dix heures ! C'est idiot. Je n'aurai le temps de rien faire.

_ Oh, mais à dix heures la soirée est toute jeune, la nuit encore loin.

_ C'est vrai. Pensez-vous qu'il me sera commode de trouver un hôtel ?

_ J'en suis bien convaincue.

_ Combien croyez-vous ?

_ Environ cent euros. Tout dépend de ce que vous voulez.

_ Je ne demande pas grand-chose. Je n'ai pas besoin d'un grand confort.

_ Alors, dans ce cas vous en aurez facilement et pour moins cher.

_ Et, en arrivant, c'est aisé à s'orienter ?

_ Oh oui. Vous empruntez le métro et vous vous dirigez sur la gare Centrale. Toutes les rames s'y dirigent.

_ Ah bon.

_ Moi je le prends pour une station.

_ Dans la même direction ?

_ Oui.

_ Dans ce cas, j'irai avec vous.

_ Aucun problème. »

Sur ce, la conversation retomba. Pascal prit fermement sa décision. Il passerait un bon week-end. Il irait traîner toute la nuit. D'abord parer au plus urgent, se dégotter une chambre.

Ensuite, il ressortirait immédiatement. Il voulait profiter au maximum de ce vent de folie
qui le portait.

***

Anneke était totalement ébahie de ce qui lui
arrivait aujourd'hui. Toutes ces personnes qui
commençaient à lui raconter leurs petits problèmes de but en blanc la surprenaient au plus
haut point. D'habitude, les gens auraient plutôt eu tendance à l'éviter. Si elle entamait une
conversation, les êtres humains se refermaient
vivement, la laissant le bec dans l'eau. Tout
d'abord, cette femme dans le 76 à Paris, maintenant ce jeune homme. Bien entendu, elle
comprenait leurs préoccupations, pouvait leur
donner la réplique, ils se liaient le temps d'un
trajet. C'était nouveau. Et qu'est-ce qui lui
avait fait dire qu'elle allait passer le week-end
chez une amie ? Avait-elle tellement changé
pendant son séjour parisien ? Quelle trans-
formation subite, quelle métamorphose avait-
elle endurée ? Était-ce d'avoir rencontré cet
homme à la fête ? Ils avaient passé la nuit en-

semble. Il lui avait donné son numéro. Mais, elle ne se faisait aucune illusion. La distance…

22. La vidéo spéciale

Le coffre d'une voiture s'ouvrait comme par enchantement. À l'intérieur, la caméra captait des fusils d'assaut, des carabines, des grenades et des boîtes de munitions. En outre, il y avait une grosse caisse en bois avec un chiffre, 36340, écrit à la craie et des lettres formant un nom plus ou moins distinctement : Laroche et une adresse. On pouvait aussi lire « Matériel de jardinage ». La caméra zoomait, le couvercle était soulevé et apparaissaient un pistolet automatique, deux fusils d'assaut, des chargeurs, des munitions, des pièces d'armes qui attendaient d'être assemblées et, éparpillées, des balles API, des balles perforantes et incendiaires se voyaient aussi dans la caisse. Puis, la caméra faisait le tour de la voiture et une main s'emparait d'une couverture sur la banquette arrière où il y avait des canons, des viseurs, des chargeurs et, là encore, plusieurs fusils d'assaut VZ58, des carabines, des pistolets avec silencieux, un fusil Zastava M57, des pistolets semi-automatiques Tokarev TT33 et deux fusils à pompe. Sur le plancher, il y avait un lance-roquettes M80 Zolja.

– Non de Dieu, jura Lacombe. Un trafic d'armes !

– Allons prévenir le commissaire.

***

– Tout de même bizarre que le nom de Laroche soit visible sur la caisse, non ?

– Peut-être pas tant que cela. Et l'adresse peut être bidon. On doit vérifier s'il possède bien une maison secondaire là-bas.

– Si vous vous souvenez, enchaîne le commissaire, Seth Outdoor dans la banlieue de Lille s'était déjà bien démarquée dans le *Petit futé* comme « une adresse toute désignée pour trouver les pièces d'équipement les plus spécialisées ». Par ailleurs, d'après ce que vous en dites, l'étiquette et le bordereau indiquent qu'il s'agit de matériel de jardinage. Donc, son nom peut être dessus et si on l'interroge, il pourra s'en tirer sans problème. Lui, il a commandé du matériel pour greffer ses arbres fruitiers et des petits malins utilisent son colis pour transporter des armes. Ni vu ni connu. Seulement, maintenant que sa fille a été assassinée, il va falloir qu'il nous serve une autre histoire.

– Il n'aurait tout de même pas tué sa fille ? lança Lacombe d'une voix presque outrée.

– Non. Ni sa collègue, Natalie Villemain, reprend le commissaire. Je pense plutôt qu'il était au courant, touchait une belle part des bénéfices et que sa fille et Villemain ont découvert le pot aux roses et qu'elles ont été supprimées avant qu'elles puissent écrire un article là-dessus. Pour tout dire, je serais à peine surpris s'il "commettait un suicide" à cause du décès de sa fille chérie.

– Encore un truc. Il n'est donc pas tout seul sur l'affaire.

– Certainement pas ! s'exclama le commissaire. À nous de le trouver. Et s'il ne s'est pas encore suicidé, on peut peut-être le sauver. Encore faut-il qu'il le veuille.

– Donc, monsieur le commissaire, on recherche des mafieux qui auraient liquidé les deux filles avec un contrat.

– Et on recherche celui qui a payé pour le contrat. Surveillez son compte en banque.

– Il nous faut une commission rogatoire.

– Oui, je m'en occupe. »

23. Le voisin en Provence

Jeanine pénétra dans la cuisine avec, sur ses talons, le setter roux frétillant qui lui balayait les mollets de sa queue en éventail plumeux. Elle revenait du village. Maria portait les paniers sur la table de chêne au centre de la pièce. Elle se mit à la recherche de Bernard, le découvrit au pied de la terrasse en grande discussion avec le jardinier.

_ Sais-tu qui je viens de rencontrer ?

_ Aucune idée très chère. Je donne ma langue au chat.

_ Je viens de faire connaissance avec notre voisin le Hollandais. Il arrive dans quelques instants prendre l'apéritif avec nous.

_ Un peu tôt non ?

_ Pas vraiment. Et puis d'ailleurs, voilà sa voiture. Ce doit être lui.

_ Oui, à moins que sa voiture ne monte seule le chemin.

_ Sois gentil. Il est chouette, évite d'être sarcastique.

_ Je plaisantais, ne sois pas bête.

_ Avec toi, on ne sait jamais !

_ Ça y est. Dis tout de suite que je suis impossible.

_ Oui, tu es impossible.

_ Je t'adore.

_ Bêta.

_ Allons-y pour l'apéro.

_ Je monte me changer. Occupe-toi de lui.

_ De mieux en mieux.

_ Ah. Tu peux bien faire ça !

_ Mais oui mon ange. »

Seules les cigales, frottant leurs élytres, stridulèrent une réponse.

Jeanine redescendit après avoir échangé sa robe à carreaux pour une à fleurs. Les deux hommes étaient en pleine conversation auprès du massif et du jardinier qui opinait du bonnet.

_ Klas m'explique que d'après lui, les rosiers sont au contraire très bien taillés puisque les boutons sont dispersés et commencent à s'ouvrir.

_ Très bonne nouvelle ! Vous vous y connaissez en jardinage ?

_ Oui, chère madame, puisque c'est mon métier.

_ Je vous en prie, appelez-moi Jeanine. Comment cela votre métier ?

_ Je possède des serres à Aalsmeer, et j'exporte mes fleurs internationalement si je puis m'exprimer ainsi.

_ Dans ce cas, votre jugement est vraiment d'importance.

_ N'exagérons rien tout de même, mais je suis heureux lorsque je vois un jardin bien entretenu.

_ Vous savez tout le mérite en revient à ma belle-sœur et à Jacques ici présent.

_ Bravo.

_ La sœur de Jeanine chez qui nous logeons a la passion des fleurs.

_ Jeanine, si je comprends bien, c'est votre sœur, la propriétaire de cette villa.

_ Oui, comme Bernard vient de vous le dire, nous ne sommes que des invités. Mais, je vous en prie, venez sur la terrasse prendre un verre.

_ J'organise samedi soir un petit raout pour me présenter aux voisins. Comme je suis le dernier arrivé, c'est à moi de le faire.

_ C'est très aimable à vous.

_ Oui, mais dans un sens, ce sera moi qui vous serai reconnaissant de venir à la place de votre sœur puisqu'elle est absente, à ce que je comprends.

_ En effet. Nous venons d'habitude tous les ans au mois de juillet.

_ Vous prenez quoi ?

_ Un pastis.

_ Et toi, Jeanine ?

_ Moi aussi, mais un très léger. Non, réflexion faite, donne-moi plutôt un ambassadeur.

_ Et pour moi, ce sera un Pernod. »

La petite bonne repartit pour l'office préparer les boissons. Jeanine songeait qu'il faudrait approvisionner le bar de la terrasse cet après-midi. Leur installation était loin d'être terminée, mais les voisins étant arrivés eux aussi, les séances d'apéro iraient bon train.

_ Alors pour ce soir, c'est entendu ?

_ Mais, très volontiers, nous vous remercions de votre invitation.

_ Venez donc vous assoir.

_ Votre piscine est plus longue que la mienne bien que de même largeur. Quelle en est la profondeur ?

_ Ici, elle commence à quarante centimètres avec les marches, au plongeoir elle fait deux mètres cinquante.

_ Ah, la mienne fait trois mètres au plongeoir.

_ Vous avez un grand plongeoir ?

_ Oui, mais pour vous dire la vérité, je ne plonge que très rarement.

_ Ma sœur a choisi de faire la piscine plus large et plus longue et, de ce fait, elle a préféré cette profondeur à cause du terrain.

_ Pour ainsi dire, il y avait déjà le fond aménagé. Une grande roche plate en pente se trouvait juste à deux mètres cinquante. Au so-

nar, elle s'est avérée être de plus de cent mètres d'épaisseur.

_ Alors aucun danger que le fond s'écroule.

_ Si elle bougeait, ce serait toute la villa qui
partirait. C'est un granit qui fait pratiquement
tout le versant.

_ Si vous le permettez, j'emprunterai votre
jardinier pour lui demander conseil sur mon
sol. Chez moi, c'est sur un autre terrain que je
fais mes plantations.

_ Là-bas, c'est probablement plus humide.

_ Oui, c'est de la glaise lourde, bien
qu'allégée pour certaines sortes.

_ Ici, c'est surtout de la craie. Vous avez dû
remarquer que s'il pleut, même un gros orage,
l'eau s'écoule tout de suite. Tout s'infiltre entre les pierres et les cailloux. Cinq minutes
après que le soleil se remet à briller, il ne reste
plus aucune trace de l'averse.

_ En vérité depuis deux semaines que je suis
ici, je n'ai eu que du beau temps

_ Vous n'êtes ici que depuis deux semaines ?

_ Oui, j'étais à Karakorum.

_ Karakorum ?

_ L'ancienne capitale de la Mongolie.

_ En Mongolie ?

_ Il y a là-bas les ruines intéressantes d'un vieux monastère. Le sol a aussi un peu la structure d'ici.

_ J'espère bien en entendre plus ce soir.

_ Sans aucun doute. Cela veut dire que vous acceptez mon invitation sans faute ?

_ Nous nous ferons une joie de venir.

_ Alors à tout à l'heure.

_ Vous ne reprenez pas un apéritif ?

_ Non, non. Je dois me sauver. Il me reste encore beaucoup de choses à faire pour notre réunion. »

Klas s'éclipsa heureux avec la promesse de les avoir comme invités. Ce serait une belle soirée. Il avait réussi à réunir tous les voisins du coin.

24. Song à Tunis

Le professeur se détendait devant le panorama offert à la fenêtre de sa chambre d'hôtel. La baie rougeoyait dans le crépuscule naissant. L'or se mêlait d'orange, de rose irisé, de nacre. Un coquillage immense, une voûte perlée au-dessus des vagues. Il sortit sur la terrasse nichée au neuvième étage. La rumeur des fourmis en petites colonnes régulières montait jusqu'à lui, à peine étouffée. Des pointillés coloriés, bariolés avaient envahi la plage, ourlet doré battu par les franges d'albâtre de l'émeraude polie. Presque deux longs jours loin de Paris et son asphalte gris moucheté de touffes de verdure. Les palmiers, couronnes hirsutes aux ombres translucides, achevaient le dépaysement causé par la température. Il pensait pouvoir dormir quelques heures, mais réflexion faite, il préféra descendre au bar.

Le regard de la femme dans l'ascenseur était sans équivoque, mais il se sentait bien trop fatigué. Plus tard. Peut-être. Dansant devant ses yeux, il avait continuellement le visage de Magalie. Elle était venue hier le voir au musée avant son départ. Elle avait entamé la discussion avec lui. C'était très rare. Les autres visiteurs avaient toujours peur d'étaler leur ignorance.

_ Excusez-moi de vous contredire, de discuter comme cela avec vous, vous connaissez évidemment la matière beaucoup plus profondément que moi, mais vous voyez, c'est parce que je veux comprendre que je vous pose toutes ces questions. »

Elle l'avait ému. Elle ne réfutait nullement sa supériorité à lui en connaissance du sujet, ce qui naturellement flattait son égo, elle était polie, bien éduquée. Qu'elle soit autodidacte l'avait charmé au plus haut point. Elle avait un esprit vif, clair qui saisissait très vite ce dont il s'agissait. Elle avait appris en une heure ce que la plupart de ses élèves s'appropriaient en plusieurs années. Il espérait vivement qu'elle repasserait le voir. Petit à petit, il lui remettrait tout son savoir. Cette femme pourrait aller loin, elle avait une vision toute personnelle du monde. Elle ne voyait aucun problème, de plus, elle était sans limites, franchissant les frontières, plongeant dans les cultures, comme d'autres prennent le métro. Partir seule pour la Sibérie et la Mongolie par le train et le bus pour profiter du voyage était pour elle chose normale, habituelle. Elle était inconsciente de son courage pourtant immense. Elle le mettait tout autant au service du quotidien que des exploits. Pour elle, tout était apparemment le quotidien.

Il se disait cela, tout en faisant s'entrechoquer les glaçons dans le fond d'ambre garnissant son verre. Il réprima un bâillement et sentit qu'enfin, il pourrait dormir légèrement. Il décida de remonter pour lire le programme de la conférence du lendemain.

25. Marcelle et Christiane au restaurant

_ Attrape ton manteau, le taxi vient tout de suite nous prendre.

_ Oui, j'arrive. »

Marcelle s'affairait à trottinements minuscules dans la cuisine. Christiane était venue lui rendre sa visite mensuelle. Comme à l'accoutumée, elles allaient toutes les deux festoyer au pied de la tour Montparnasse. Le colosse de verre présidait à leurs ébats gastronomiques. C'était à deux cent mètres de chez elle, mais pour Marcelle cela représentait une distance insurmontable. Surtout à l'aller. La rue d'Assas en pente grimpait trop fort pour ses jambes constamment meurtries.

Du temps d'Édouard, il y avait la voiture, mais depuis son veuvage, elle utilisait les taxis. Elle avait un copain, Jacques, qui était chauffeur. Elle lui faisait savoir quelques jours à l'avance ses projets de sortie, et il s'arrangeait pour venir la chercher entre deux

courses. Mais, Jacques était à la retraite depuis six mois. Marcelle était bien obligée de
passer par la centrale. Cela la changeait, et
malheureusement, cela écornait aussi son por-
temonnaie !

En regardant la chose de façon neutre, ce
n'était pas vraiment gratuit, Jacques se laissait
payer en nature. Plus de quarante ans qu'ils se
connaissaient. Ils y trouvaient tous les deux
leur compte. Plus de quarante années qu'ils
s'aimaient au gré des fantaisies des clients.
Souvent, lorsque Jacques était dans le coin, il
faisait un bond chez Marcelle, sûr de la surprendre puisqu'elle ne sortait presque jamais.
Puis, si elle devait s'absenter, il était le privi-
légié qui la conduisait sachant, par là même,
l'adresse où elle se réfugiait pour quelques
heures, en dehors de sa solitude.

Déjà deux semaines que Marcelle était restée confinée dans son deux-pièces cuisine.
Hormis les expéditions à la boîte à lettres sous
le porche de la première cour, elle n'avait pas
mis le nez dehors. Elle s'émerveillait du
changement survenu depuis la dernière fois.

Au travers des vitres, les arbres de Port-Royal lui lançaient une grande claque verte ensoleillée, criant à tue-tête la renaissance de la nature qui avait failli lui échapper. Leurs branches tordues s'élançaient vers l'azur, lui rappelaient d'autres mois de mai lointains dans le passé. La vallée de Chevreuse, si proche et pourtant devenue quasiment inaccessible. Ses amies, ses amants, ses maris se succédaient. Seul son handicap lui restait fidèle. Assise sur la banquette avant, ses cheveux blond roux cendré impeccablement tirés en un chignon soigné sur la nuque, son vison ouvert sur sa robe bleu ultramarin, ses chaussures, son sac assorti, personne n'aurait pensé, en la voyant, avoir affaire à une grande infirme de son âge. C'était cela la plus grande fierté de Marcelle. Être à même de donner le change.

_ Alors mes petites dames, je vous dépose où exactement ?

_ Ici un peu plus loin sur la droite.

_ Chez Gaston.

_ Mais, fallait le dire tout de suite que vous allez déjeuner chez Gaston. À la bonne heure.

Tenez. Voilà, juste devant la porte.

_ Heureusement. Vous savez, je ne peux pas marcher beaucoup.

_ Une belle femme comme vous, pomponnée comme elle l'est, peut s'en passer. C'est avec plaisir qu'on la porte. Restez ici. Je vais annoncer que vous êtes arrivées.

_ Merci.

_ Il est sympa celui-là. Il va te prendre dans ses bras.

_ Faut pas exagérer tout de même.

_ Ça y est mes petites dames. Gaston vous attend. Votre table est réservée. Donnez-moi votre sac. Voilà. Appuyez-vous là, et hop je t'envole ça, comme une plume. »

En un tour de main, le chauffeur avait extrait Marcelle de la voiture ; avant qu'elle n'ait pu protester, il l'arrachait de son siège, la faisait virevolter, la déposait les deux pieds sur le paillasson. Tout le monde rit, la bonne humeur éclata.

_ Oh lala ! Charles, tu y vas fort avec notre Marcelle. Tu en profites coquin !

_ Faut bien l'aider cette petite dame.

_ C'est vrai qu'elle n'est pas bien grande. Je vous en prie, Marcelle, entrez. »

Christiane régla discrètement la note pendant que Marcelle au bras de Gaston pénétrait dans le restaurant. Le garçon s'avança.

_ Bonjour madame Marcelle. Vous êtes pile à l'heure pour l'apéritif. Donnez-moi votre manteau.

_ Je vous ai gardé la table du coin, comme ce-la, vous aurez la paix. Personne ne viendra vous frôler les jambes.

_ Ah, c'est très gentil.

_ Je reviens tout de suite. »

La table de coin était la préférée de Marcelle. De cette place, elle avait une vue totale sur la salle, sur le trottoir, sur le comptoir, et per-sonne ne se cognait contre sa chaise puis-qu'elle avait le dos au mur. Pour son vis-à-vis, c'était agréable également : un va-et-vient in-cessant à épier par la baie vitrée. Christiane était habituée. Elle regarderait les passants défiler entre deux phrases pendant leur déjeuner.

_ Que prends-tu comme apéritif ?

_ Moi, je vais prendre un Kir. »

Elles étudièrent avec application la carte apportée par Gaston. Elles salivaient rien qu'à la lecture des descriptions culinaires. Elles n'avaient pas besoin de photos pour voir le cortège des mets, tous plus savoureux les uns que les autres, défiler sous leurs yeux.

_ Hum, j'ai vraiment envie d'une langouste grillée.

_ Ça, c'est une idée à suivre.

_ Peut-être que nous pourrions la partager, qu'en penses-tu ?

_ Impossible de refuser une offre pareille. Et du foie gras en entrée ? Sur toast ?

_ Je me laisse tenter.

_ Gaston sait très bien qu'avec moi ce sont seulement les hors-d'œuvre qui marchent, autrement cela me fait trop manger, ensuite je grossis.

_ Pour le dessert, on pourra voir plus tard.

_ Que bois-tu ?

_ Je vais prendre un quart de Sancerre.

_ Moi, avec mes jambes ! Il me faudrait du blanc pour la langouste, mais, j'aurais des ennuis, alors pour moi un Saint-Emilion.

_ Pourquoi pas ? »

Gaston s'approcha de leur table.

_ Ces dames savent-elles ce qu'elles déjeuneront ? »

Christiane et Marcelle passèrent leur commande, continuèrent à papoter en savourant lentement leur apéritif. Deux vieilles dames en goguette, en plein midi, à la terrasse chauffée d'un restaurant sur le boulevard Montparnasse.

Les nappes blanches et roses agrémentaient les tables vertes, formaient une tonnelle campagnarde. Sur la chaussée, les voitures, les taxis, les camions, les motos pétaradaient, leur tintamarre rendu inaudible par les doubles vitres. Les deux amies se laissaient aller à leurs confidences mille fois déjà dites, mille fois entendues. Qu'importait la conversation, être ensemble est ce qui comptait, se réchauffer à la joie et à la gaîté de l'autre. Embellissant les malheurs devenus ainsi moins laids ; limant les bonheurs qui n'effrayaient plus. Depuis trente ans, d'année en année au fil des saisons, elles refaisaient leurs souvenirs.

26. Arrivée d'Anneke et Pascal

Anneke entraînait Pascal dans son sillage. Elle avait très bien compris ses allusions, mais elle faisait la sourde oreille. D'avoir à partager un appartement avec Roel lui suffisait amplement. Cela l'avait totalement vaccinée contre la compassion lors de rencontres masculines. Selon elle, la municipalité se rendait criminelle en l'obligeant à continuer à vivre de cette façon avec un homme qui depuis longtemps déjà ne lui était plus rien. Il se servait d'elle simplement. Sa mère le lui répétait, comme une rengaine dévidée en litanie incessante à chacune de ses visites.

Théoriquement, Roel et Anneke avaient chacun leur propre pièce studio, mais ils utilisaient la cuisine, les toilettes et la salle de bains en commun. Malheureusement, ils étaient sans cesse à même de se tomber dessus. Anneke devait supporter de surcroit, la ronde infernale des conquêtes de Roel. Lorsqu'ils s'étaient rencontrés, Roel avait une petite amie, depuis plus de trois ans, avec laquelle il formait un couple stable. Ils étaient devenus camarades. Anneke avait mal compris pourquoi il voulait habiter avec une autre femme, elle en l'occurrence, puisqu'il se disait fou d'Ingrid, sa copine. Elle ignorait à l'époque sa perversité maligne. Même lorsque Monique, l'occupante précédente de sa chambre, avait déménagé brusquement laissant la pièce vacante, aucun soupçon ne l'avait effleurée. Elle avait pris la place libre, trouvant très naturel de partager un appartement avec lui. Ingrid avait alors un superbe trois-pièces où Roel passait le plus clair de son temps. Qu'il ait transformé en atelier à son propre usage la moitié du logement ne l'avait pas alertée outre mesure. Elle-même avait une relation satisfaisante avec Hans qui habitait à Leiden. Ils se voyaient souvent, accomplissant le voyage d'une demi-heure tour à tour. Elle mettait sur le compte des études l'irrégularité de leurs rencontres. Elle se figurait que tout le monde était comme elle, sincère, généreux. Erreur préjudiciable dévoilant une naïveté alarmante ! Que Roel soit mythomane et mégalomane ne lui apparut que ces derniers mois.

Toujours, elle l'avait aidé, soutenu dans ses entreprises. À présent, elle craquait. Il avait réussi à faire partir Hans en lui racontant sournoisement des histoires faramineuses. Elle l'avait appris trop tard. Hans était décédé dans un accident de voiture, la croyant infidèle. Elle avait enfin compris. Roel se servait de sa présence à ses côtés, pour rendre jalouses les femmes qu'il approchait. Cela lui permettait de les manipuler. Pas une ne restait aimable avec elle. Et pour cause ! Elle le savait maintenant ; il racontait les pires horreurs sur elle. Elle l'avait surpris au téléphone un jour qu'il la croyait absente. Dorénavant, elle essayait de le fuir le plus souvent. Lui ne paraissait pas tenir tant que cela à elle. Leur relation amicale avait basculé dans le néant absolu depuis que Hans avait mis fin à leur fréquentation. La jubilation de Roel en apprenant la nouvelle lui avait fait voir comme il était malsain. Elle ignorait encore la part jouée par lui dans ce drame. Elle avait pris pour une révolte légitime contre ses origines, des efforts pour sortir du milieu médiocre dont il était issu, un père alcoolique, une mère ignare, mais il s'agissait tout simplement d'une perversité sans égale. Il jouissait du mal des autres, et si possible, il contribuait de tout son être à l'infliger. Seul l'écrasement de ses proches pouvait amener quelque lumière dans la vie misérablement sombre de Roel, toujours à l'affût d'une faiblesse chez ses semblables. Malheur à celui ou celle qui laissait transparaître de l'émotion. Roel s'en emparait alors. Il n'avait aucun repos avant d'avoir piétiné la moindre parcelle de sentiment de cette personne qu'il considérait d'emblée comme son adversaire. Les femmes surtout pâtissaient de sa méchanceté irascible. Avec chacune d'elles, c'était bien sûr à sa mère qu'il enfonçait un clou dans le cœur.

Anneke frissonna en ressassant ces pensées

moroses. Elle fut soulagée de laisser Pascal à son sort en descendant à son arrêt. Elle rentrait au logement où elle ne se savait plus en sécurité.

27. Retour de Marcelle et Christiane

Après leur repas fin, Marcelle et Christiane redescendirent à pas menus le boulevard et la rue jusqu'au numéro 104, les jambes de Marcelle pouvaient tout juste supporter la promenade. Pendue au bras de Christiane, l'infirme profitait du beau temps en claudiquant. Les deux amies discutaient paisiblement, réchauffées par le cognac bu après le café.

_ Cette langouste était délicieuse.

_ Pour moi, une moitié c'est presque trop.

_ Oui, tu as raison, surtout avec le flan qu'il nous a offert comme dessert.

_ Je préfère le flan au plat de fromages.

_ Moi aussi, d'autant plus que j'en ai toujours chez moi.

_ Tu sais bien que moi, c'est pareil. Ce n'est pas pour dire, mais mon plateau est habituellement bien garni.

_ Oui et ils se gardent mieux que les fruits.

_ Dans le fond oui. Quoique les pommes, si

on ne les prend pas trop mûres…

_ Tu as raison, mais moi, je préfère une bonne poire.

_ Ah ça ! Faut pouvoir les choisir.

_ Ça dépend. Une Doyenné du Comice au couteau. Je me régale, je t'assure.

_ Quand elles sont bien dodues, on les sent dans tout l'appartement. Tu sais, jamais je n'en ai eu une de blette.

_ Pas comme les Williams.

_ Les Williams, faut les cueillir vertes, les faire mûrir dans un tiroir.

_ C'est le mieux, mais à part si l'on a un arbre à soi, c'est dur.

_ Ils les prennent presque à point, c'est pour cela qu'elles deviennent molles.

_ L'horreur !

_ Dans ce cas, une orange est préférable.

_ Une sanguine, elles sont toujours bien sucrées.

_ Oui, je me demande comment cela se fait.

_ Je me pose également la question. L'autre jour, j'avais une orange, mais sucrée, sucrée, je ne te dis que ça !

_ Généralement, les grosses sont bonnes et bien juteuses tout de même.

_ Mais, la plupart du temps, ça fait trop à la fois.

_ Oh, tu sais moi. Un bol de soupe et une orange me font un dîner.

_ Toi alors !

_ Faut pas que je grossisse avec mes jambes. »

Elles s'étaient raconté leurs goûts et leurs dégoûts plus de mille fois, mais elles jouissaient du plaisir d'entendre leur voix, de marcher côte à côte. Satisfaites de leur promenade, elles franchirent la porte cochère. La cour pavée donnait un peu plus de mal à Marcelle qui clopinait, se déhanchait de plus belle pour vaincre les inégalités du sol, surmonter cette distance qui apparaissait infranchissable soudain. Enfin, elle plongea la clef dans la serrure et les deux femmes s'installèrent pour terminer leur après-midi.

_ Tu sais, je viens de recevoir une lettre de Magalie.

_ Et c'est seulement maintenant que tu le dis !

_ J'avais oublié de la mettre dans mon sac.

_ Tu n'en feras jamais d'autres. Donne vite ! »

28. Cécile et Sylvain dînent en amoureux

Cécile était rentrée de bonne heure. Elle avait rendez-vous avec Sylvain. Bien décidée à le séduire, elle avait préparé un plat de lasagnes et mis une bouteille de chianti au frais. Le tiramisu du traiteur italien, Chez Mario, ferait un excellent dessert. Elle savait que c'était l'un des mets favoris de Sylvain. Par ailleurs, il adorait la cuisine italienne. Pas de doute, elle avait rassemblé toutes les chances de son côté.

Ce petit dîner en amoureux était une idée de ses copines, Claire et Isabelle, avec qui elle avait déjeuner la veille. Une soirée entre filles où chacune déballait tout ce qui lui tenait à cœur, se sachant soutenue par ses deux amies.

Claire Lemagne était devenue architecte d'intérieur après une bataille avec son père qui aurait tant voulu qu'elle reprenne l'entreprise familiale. Toutefois, Claire avait d'autres aspirations et ne se voyait pas en épicière. Ce n'est pas qu'elle trouvait le métier au-dessous de sa condition, mais la décoration l'attirait. Comme elle était fille unique, son père s'était finalement résigné, d'autant plus qu'elle n'avait pas l'intention de se marier et de lui donner un gendre avec qui il aurait pu négocier.

Claire était une belle brune aux yeux verts et elle savait jouer de son charme. Les aventures amoureuses se succédaient dans son existence sans qu'elle s'attachât. Sa profession était sa vraie compagne. À son compte, elle menait sa vie en toute liberté sans se tuer à la tâche. L'exemple de ses parents lui avait fait comprendre qu'un labeur intense apportait son lot de satisfactions, de plaisirs et de joies, de peines parfois aussi. Cependant, ces dernières semblaient avoir peu de prise sur son caractère enjoué.

Isabelle Dubois était médecin. Au contraire de Claire, elle avait marché sur les traces de son père, pédiatre en chef du service des maladies enfantines dans un hôpital de la Vallée de Chevreuse. Elle était blonde autant que

Claire pouvait être brune. Elle avait rompu depuis peu avec son petit ami et semblait beaucoup mieux depuis.

Les trois alliées avaient passé la soirée chez Claire qui leur avait montré son dernier dossier : la décoration d'un appartement parisien dont les fenêtres s'ouvraient sur le jardin du Luxembourg. Elle ne leur avait pas révélé le nom de son client, car il s'agissait d'une célébrité très en vogue. Les deux autres avaient respecté son secret professionnel.

Isabelle avait rencontré la veille un homme en dehors de son travail et elle devait le revoir. Ils avaient pris rendez-vous pour aller au restaurant et elle était tout excitée à la sensation que cela puisse déboucher sur une nouvelle relation.

Cécile avait fait part à ses amies de son problème avec Sylvain et ainsi était née l'idée d'un dîner en tête à tête.

– Si cela reste sans effet, alors mets-le à la porte, avait dit Claire.

– Inutile de continuer avec un mec qui, ou te trompe ou, que tu laisses indifférent de ce côté-là, avait renchéri Isabelle.

– Vous devez avoir raison, avait conclu Cécile. Mais, comment poser un ultimatum sans que cela ait l'air d'en être un ? »

Elle allumait les bougies quand la sonnette de l'interphone retentit. Elle déclencha l'ouverture de la porte et quelques minutes plus tard, Sylvain faisait son entrée avec un bouquet de roses rouges.

Tout le temps du dîner, il se montra enjoué et charmant. Cécile se demandait comment aborder le sujet. Devait-elle l'interroger pour savoir s'il comptait passer la nuit chez elle ou bien devait-elle déployer tout son pouvoir de séduction ? Ce fut Sylvain qui trancha la question alors qu'elle se levait pour venir l'enlacer.

– Je ne pourrai pas rester ce soir, dit-il.

– Comment… qu'est-ce que tu veux dire ? balbutia Cécile.

– Et bien, je dois faire un boulot urgent.

– Sylvain, il me semble que tu as toujours un boulot urgent ! dit Cécile un peu plus vivement qu'elle ne l'aurait souhaité.

– Oui, mais je dois vraiment rentrer chez moi.

– Alors, je viens avec toi, fit-elle redevenue câline. Comme cela tu pourras terminer ton truc et me rejoindre dans ton lit où je t'attendrai impatiemment, essaya-t-elle encore.

– C'est impossible. J'en aurai peut-être pour toute la nuit.

– Est-ce que tu te rends compte de ce que tu dis ? explosa Cécile malgré sa décision d'être calme. Le mieux est peut-être de ne plus nous voir.

– Peut-être, en effet, si tu ne peux accepter que j'aie une vie en dehors des moments passés ensemble.

– Oui, une vie ! Moi aussi je veux une vie, cria presque Cécile, au lieu de t'attendre.

– Ne m'attends surtout pas. » Sylvain se levait en direction de la porte, prêt à sortir.

– Où tu vas ?

– Et bien, je pars. On a terminé le dîner,

n'est-ce pas ? Et la conversation semble revêtir un tour que nous devrions éviter.

– Non, bien au contraire. Si tu passes cette porte maintenant, je ne te retiendrais pas, mais inutile de revenir. »

Sylvain la regarda un instant légèrement troublé, puis, il saisit la poignée et sortit.

– Tu devrais prendre tes affaires, lui lança Cécile au travers du battant qui se refermait.

– Je les emporterai une autre fois.

– Pas question que tu remettes les pieds ici. Je te les apporterai.

– Comme tu voudras, furent les dernières paroles qu'il prononça.

Cécile, un peu abasourdie par la tournure prise par les événements, desservit la table, rangea la cuisine et se coucha avec un livre. Seule. Elle était à nouveau seule. Sylvain n'avait pas hésité une seconde. Il était parti. Elle rassemblerait ses affaires demain et irait les lui porter.

29. Le repas mongol

Jeanine et Bernard montaient à pied le talus raide et empruntèrent la pente les conduisant sur l'arrière de la villa de Klas. Le chemin de terre rouge était sillonné de rigoles formées par l'écoulement des pluies, des morceaux de pierres apparaissaient ça et là. Témoignant de la constitution crayeuse du sol, c'était surtout des meulières, qui telles des éponges s'agrippaient à la déclivité ravinée. Des bêlements s'entendaient de plus en plus fort à mesure qu'ils avançaient.

_ Ce sont des chèvres ou des vaches ?

_ Des moutons je pense, mais je me demande ce qu'ils font par ici ?

_ Tiens, regarde. Ils sont tous là sur le terre-plein.

_ En effet.

_ Ils sont peut-être égarés.

_ Mais, vois donc. Il y a Klas et les voisins. »

Klas les interpela de loin.

_ Dépêchez-vous chers amis, que je vous présente au reste de la compagnie. »

Klas dépassait tous les autres, hommes inclus, d'une bonne tête de hauteur. Le Hollandais s'avançait vers eux à bras tendus, se frayant un passage entre les dos de laine bêlante.

_ Mes amis, enfin ceux que nous attendions tous, Jeanine et Bernard. Jeanine et Bernard, voici Josiane et Pierre de la villa rose en bas de la colline au croisement, et puis Roger et Maxime, de la ferme aux oliviers, baptisée "Les cigales", noblesse oblige ! Fumant son Havane, Carlos, sa femme Lucia est là-bas en pantalon et chemise rouges. Quant au couple avec qui elle est en conversation, il s'agit de Jurgen et Ulrike. D'ailleurs, ils arrivent vers nous. Sur le transat est allongé Joe, et près du berger, c'est Dixie. Ne vous inquiétez pas, les animaux nous quitteront dès que nous aurons sélectionné celui que nous voulons !

_ Celui qui nous plaît ?

_ Mes amis, nous allons manger du mouton.

_ Vous faites un méchoui ?

_ Pas exactement, ou plutôt, allons-y pour méchoui, mais c'est un méchoui mongol.

_ Méchoui mongol ?

_ Oui. Mais, allons en premier choisir l'animal. Jeanine, c'est à vous l'honneur. Vous devez vous y connaître ! Tenez voici pour vous seconder miss Pamela et miss Julia qui reviennent de la piscine. »

Deux jeunes femmes minces, enroulées dans des peignoirs de bain descendaient les marches de l'escalier conduisant au bassin. Avec leur serviette en turban autour de la tête, leur sac de plage dodelinant à leur coude, leur maintien discipliné, les deux Anglaises sur leurs mules à talons se balançaient souple-ment, telles des princesses d'orient four-voyées. Leur regard accentuait à peine un peu de surprise en survolant la scène pourtant in-habituelle se déroulant sous leurs yeux. Avec les mêmes grâce et nonchalance que si elles fussent vêtues de grandes robes d'apparat en brocart dans un salon londonien à la mode, elles tendirent une main soignée, recouverte de bagues de valeur, à Bernard et Jeanine.

_ Mon Dieu ! Sommes-nous donc tant en retard ?

_ Pas du tout très chères. Vous avez tout le temps de vous préparer, mais avant de disparaître, voulez-vous aider Jeanine à sélectionner notre dîner ?

_ Mais, volontiers.

_ Avec plaisir. »

Les deux demoiselles répondirent le plus simplement du monde, comme si on leur demandait de passer le sucrier à une table à thé.

Le chien du berger faisait un travail admirable, en serrant les bêtes de plus en plus l'une contre l'autre. Ses jappements remplissaient la vallée et lançaient des échos sur les flancs des montagnes avoisinantes.

_ Cherchons-nous une grosse bête ou bien une jeune ? »

Jeanine prenait son rôle très au sérieux.

_ J'opte pour un jeune, il sera maigre et tendre.

_ Mesdames, ici je vous le permets. Sachez cependant que si nous étions en Mongolie, il nous en faudrait un surtout bien dodu. Les Mongols adorent le gras de mouton. »

Seule une petite moue du coin des lèvres trahit le dégoût des Anglaises.

_ Mais enfin Klas, vous n'allez pas dire que nous devons choisir le gigot que nous allons manger maintenant ?

_ Déguster est le mot très chère. Et cela, ce soir même !

_ Vous qui connaissez la recette, pourquoi ne pas le faire vous-même ? Vous m'intriguez.

_ Ce ne serait plus de jeu. Que feriez-vous ?

_ Eh bien, par exemple, pendant ce temps-là, nous pourrions nous changer.

_ Ne vous inquiétez pas, vous aurez tout le temps nécessaire. Que dites-vous de celui-ci qui court là autour des autres ?

_ Vous avez jeté votre dévolu sur un rapide à ce que je vois ! »

Klas cria au berger pour désigner la victime

choisie. Sur un coup d'œil de son maître, le chien isola le pauvre mouton qui, peut-être conscient du sort qui l'attendait, chevrota de plus belle.

_ Klas, je pense que pour l'instant, vous n'avez plus besoin de nous.

_ Tout à fait d'accord, vous pouvez vous retirer, mesdames. »

Les Anglaises enjambèrent à pas mesurés la terrasse et échangèrent quelques mots avec Carlos. Il répliqua en envoyant une série de ronds de fumée sur le côté. Lucia se rapprocha de Klas.

_ Quelle est la suite du programme ? Vous avez votre victime, me semble-t-il ? Allez-vous l'immoler ici ?

_ Mais, naturellement, les pierres sont chaudes. »

Jeanine remarqua alors, légèrement en contrebas de la terrasse, le foyer, le bidon de lait, de grosses pierres autour du feu.

Deux hommes arrivaient armés d'un couteau long, effilé et d'une bassine. Aidés du berger, ils s'emparèrent des pattes arrière et de la tête de la brebis de plus en plus affolée. Le reste du troupeau, poussé en avant par les aboiements du chien, se précipita vers la montagne, heureux d'avoir échappé à si bon compte au bourreau.

Attirés par le massacre proche et l'odeur de la mort, les invités au complet se massaient en cercle, avides de sensation. La lame du couteau lança des feux sous le soleil s'évanouissant vers l'horizon. L'acier, sans hésiter, plongea dans la gorge blanche, le sang jaillit d'une giclée puissante, rougissant le sable et la laine rasée. D'ultimes soubresauts agitaient encore les pattes, démontraient les dernières forces jugulées dans la volonté de fuir. Rapidement, les yeux se vitraient ; la vie s'était écoulée sur les cailloux du chemin. Déjà la lame courrait le long du ventre, les membres émergeaient un à un du manteau qui jusque-là les enveloppait. Tranchée, la tête roula au sol, condamnée par quel crime ? La langue rose et noir, serrée entre les dents, défia toute réponse. La carcasse dépecée, équarrie en gros morceaux sanguinolents, disparut dans le bidon à lait en fer blanc avec les galets chauffés à blanc dans les braises. Un grand seau d'eau versé dans la bassine improvisée, et le contenu s'immergea sous une surface trouble. Les deux hommes empoignèrent la marmite gargantuesque et la calèrent bien d'aplomb sur les tisons rougeoyants. Les invités étaient réunis dans un ahurissement identique.

_ Mes amis, vous venez d'assister à la manière dont les Mongols préparent leur mets favori. »

Seuls vestiges du carnage, les boyaux remplis d'excréments et la tête à la langue narquoise jonchaient le sol souillant la dépouille. Les mouches vivement agglutinées dans les flaques de sang coagulé bénissaient la manne providentielle. Leur bourdonnement incessant, et la vue des résidus saigneux provoquèrent un haut-le-cœur involontaire et irréfutable chez Lucia.

_ Cher Klas, est-il bien utile de laisser ces déchets traîner ?

_ Ne vous formalisez pas Lucia. Cela va être débarrassé tout de suite. Je vous propose à tous d'aller boire un apéritif. Le temps de vider un verre, et notre dîner sera prêt. »

Tous le suivirent. Seuls Jurgen et Ulrike fascinés continuaient à contempler la toison maculée. Lucia trottinait au bras de Carlos, qui en oublia pour une fois d'allumer l'un de ses sempiternels cigares.

_ Décidément Klas, vous nous surprenez. Nous pensions avoir accepté une invitation conventionnelle !

_ Mais cher Joe… C'est une réception tout ce qu'il y a des plus traditionnelles.

_ Peut-être, il y a cent ans !

_ Pas du tout. J'ai très récemment, pour être précis le mois dernier, eu l'honneur d'être convié à un tel festin.

_ Êtes-vous sérieux ?

_ Tout ce qu'il y a de plus sérieux !

_ Chez nous, les cowboys se conduisaient de la sorte également… Mais, entre gens civilisés, en ville, c'est devenu très rare.

_ Eux, ainsi que les Arabes faisaient griller l'animal en entier.

_ C'est vrai.

_ Comment pouvez-vous comparer des gardiens de vaches et des Arabes ?

_ Ils ont la même manière de cuire leur viande. Le méchoui en tant que recette est international. Tout comme le barbecue, ou les shasliks. Seuls le nom et la taille des morceaux changent.

_ Bien entendu, nous sommes très loin de nos pizzas, ironise Carlos.

_ C'est vrai, mais c'est assez proche de vos pâtes fraîches. »

Deux hommes les croisèrent, une grande planche entre eux deux supportant une boule de pâte à pain.

_ Voulez-vous dire qu'ils vont faire des spaghettis ?

_ Plutôt des nouilles pour la soupe.

_ Le monde est vraiment petit.

_ Et nous nous ressemblons tellement.

_ On se pose des questions. Pourquoi se cogner continuellement dessus en tant que peuples hein ?

_ Bien dit Bernard. To cogne or not to cogne !

_ Alors vous étiez en Mongolie ?

_ Oui, je suis revenu il y a à peine un mois.

_ Et à part la cuisine, qu'y avez-vous appris, si ce n'est un secret ?

_ Ce n'en est point un. J'y suis allé pour les équidés.

_ Les chevaux de Gengis Khan !

_ Voilà. C'est à peu près cela. J'y étais pour observer.

_ Et vous avez pu ?

_ J'ai vu. Des bonshommes de cinq à six ans dompter des étalons sauvages.

_ Vous rigolez !

_ Pas du tout. C'est incroyable, il faut l'avoir vécu. Le petit se tient sur la bête comme glué jusqu'à ce que celle-ci abandonne la lutte et l'accepte comme maître.

_ Stupéfiant !

_ Pourtant vrai. Ils ont un festival annuel où

les plus beaux animaux à partir de deux ans sont présentés. Ils organisent des courses sur des distances de quinze et trente kilomètres. Les jockeys sont uniquement des enfants.

_ Je comprends le pourquoi, ils sont plus légers. C'est le comment qui m'échappe. »

Ce disant, chacun s'était pourvu d'un verre qu'il savourait pensivement laissant aux autres le soin de soutenir la conversation. Ils étaient encore sous l'impression du spectacle récent. Un égorgement en direct était assez rare pour eux.

Les deux Anglaises revinrent habillées de dentelles vaporeuses, se mêlèrent au groupe et firent diversion.

_ Vous reste-t-il une boisson pour nous ?

_ Mais bien entendu. Ce sera quoi ?

_ Pour moi, un Baccardi.

_ Un Cinzano.

_ Avec ou sans olive ?

_ Sans je vous prie.

_ Voici. »

Jeanine en son for intérieur trouvait ce Hollandais barbare. Lui demander de choisir un mouton pour le faire abattre sous ses yeux ! Pauvre bête. Elle excusait Klas, car c'était un étranger, mais tout de même ! Il venait en Provence non ? Pouvait pas faire une rata-touille comme tout le monde ? Quand elle allait raconter cela aux filles du bureau jamais elles ne la croiraient ! Quant à Marcelle, il vaudrait mieux lui taire les détails, elle était si sensible. Elle aurait ensuite peur de loger si près de cet énergumène. Elle fut tirée de ses réflexions par un nom prononcé dans l'assistance qui lui échappait partiellement.

_… rum.

_ Comment ?

_ Karakorum. »

Elle n'en savait pas plus s'étant totalement perdue dans ses pensées. Heureusement, Joe et Dixie la sauvèrent.

_ Vous voulez dire que Karakorum existe vraiment encore ?

_ Les ruines en ont été retrouvées à quelques

kilomètres de Khar Khorine qui a été bâtie par les Russes.

_ Et vous y êtes allé ?

_ Oui. En fait, c'est là-bas que j'ai eu le plaisir et l'honneur d'apprendre cette recette que nous savourerons ensemble.

_ C'est à Karakorum que vous étiez ?

_ Surtout à Karakorum. En tant que ville, c'est celle de la Mongolie que je préfère.

_ Combien d'habitants ?

_ Une dizaine de milliers. »

Un des cuisiniers vint chuchoter à Klas que la viande pouvait être consommée.

_ Nous pouvons y aller. »

Près du feu, des troncs étaient maintenant arrangés en cercle formant des sièges. À la place de chaque convive, un grand couteau enfoncé dans l'écorce.

_ Je misais sur le fait que la plupart d'entre vous n'ont certainement pas de canif de poche, s'esclaffa Klas.

Un à un, de gros quartiers de viande bouillie furent retirés du bidon, et donnés aux invi-

tés. Sans assiette, ils furent obligés de les saisir à pleines mains. Les cuisiniers roulaient la
pâte, l'aplatissaient, la débitaient en lamelles
fines qu'ils plongeaient dans la marmite fu-
mante, pour les en ressortir cuites, blanchies.

_ Ce sera pour la soupe plus tard.

_ Un raout assez inhabituel, commente Carlos
qui apparemment jouissait du primitivisme de
la scène.

_ L'année prochaine, nous irons voir en Mongolie, avance Joe à Dixie.

_ Alors on se retrouve à Karakorum ! »

Klas était heureux que ses invités le suivent
dans son rêve, et il se congratulait d'avoir des
voisins si plaisants.

_ Mais dites donc Klas, c'est une yourte qu'il
vous faut sous les oliviers !

_ J'y pense, j'y pense. »

30. Madame veuve Weber

La route serpentait en montant la colline. De chaque côté, des bois touffus masquaient l'horizon. L'asphalte luisait encore de l'averse de la nuit. Chaboisseau tenait nonchalamment le volant et Lemoine consultait une carte forestière. On était à une petite cinquantaine de kilomètres de Paris et les alentours avaient une allure champêtre.

– On vient de quitter les Yvelines pour revenir dans l'Essonne. En fait, la route était nettement plus agréable que si l'on avait traversé la plaine avec vue sur Les Ulis, etc., commença Lemoine.

– Tu as probablement raison. Et cela t'a fait plaisir de passer à côté de ta maison d'enfance.

– Pour une fois que j'en ai l'occasion, je ne vais pas me priver.

– Tu as de la chance que le kilométrage soit à peu près égal et qu'il n'y ait pas de circulation.

– Et voilà ! Les Molières. » Ils avaient dépassé le panneau annonçant leur destination.

Les Weber habitaient un immense manoir, presque un château, à la sortie du village ou l'entrée selon la direction d'où l'on venait. Une grande grille en fermait l'accès. Lemoine descendit pour appuyer sur l'interphone qui devait correspondre à un tableau quelque part dans la maison. À sa surprise, un petit vieux arrivait d'une allée latérale recouverte de gravier. En regardant bien, il pouvait distinguer un pavillon à demi caché par des lauriers immenses. Le gardien, pensa-t-il.

– Bonjour, madame Weber nous attend. Je suis l'inspecteur Lemoine et voici, dans la voiture, mon collègue, l'inspecteur Chaboisseau.

– Oui, madame m'a prévenu. » Lemoine allait de surprise en surprise. Le petit vieux sortait un boitier de sa poche et actionnait la télécommande qui ouvrait le portail.

– Suivez l'allée, le manoir est au bout, »
dit le vieillard avant de repartir. La grille se
referma derrière la voiture.

Arrivés devant le perron, Lemoine et Chaboisseau virent un des battants de la porte
d'entrée s'ouvrir. Derrière, un homme en tenue de majordome patientait.

– Veuillez me suivre, messieurs. Madame
vous attend. » Il les introduisit dans un immense salon qui s'étendait sur toute la largeur
du bâtiment. Des baies vitrées, allant du sol au
plafond, inondaient de la lumière du jour un
ameublement tout en crème et camaïeux de
bleus. Quelques tentures anciennes étaient ac-
crochées ainsi que des tableaux de maître, selon toute évidence, des originaux. Plusieurs
coins détente, aménagés avec des canapés et
des fauteuils, invitaient au farniente plus qu'à
une discussion morbide sur le suicide de feu
monsieur le député.

Devant la cheminée, où l'on pouvait brûler
des troncs entiers, une méridienne recouverte
de fourrures blanches hébergeait un petit bout

de femme dont la beauté éblouissante était re-
haussée par une longue robe bleue qui retom-
bait en plis autour d'elle. Madame veuve Weber ébouriffait nonchalamment de ses doigts
aux ongles manucurés vernis en rouge sang,
les mèches d'un bichon maltais qui
s'harmonisaient avec les fourrures. Le son
grave de sa voix surprit les deux inspecteurs
qui s'attendaient plus à un soprano au lieu du
contralto émergeant de ce corps menu.

– Je vous en prie, messieurs, asseyez-
vous. » Elle leur indiquait un siège d'un geste ample du bras, faisant glisser sa manche qui
révéla sa chair jusqu'à l'aisselle épilée.

– J'ai cru comprendre que vous désiriez
me parler de la mort du député Weber. » S'ils
furent étonnés de la tournure employée, Lemoine et Chaboisseau n'en laissèrent rien
paraître. Madame Weber continua :

– Ne trouvez-vous pas étrange d'avoir
conclu au suicide malgré les indices qui poin-
taient vers l'homicide ? Par ailleurs, avant
que vous ne me posiez des questions, je tiens

à vous préciser que feu mon mari n'était nullement de nature à se suicider. Ce jour-là, lorsqu'il est parti le matin, il m'a dit au revoir et m'a assuré qu'il rentrerait tôt. Nous avions un dîner prévu le soir avec des amis qu'il estimait particulièrement. En ce qui me concerne, je ne crois absolument pas à la thèse du suicide. Maintenant, à vous. Que désirez-vous savoir ? »

Sans être totalement décontenancés par la tirade de madame Weber, Lemoine et Chaboisseau étaient tout de même éberlués. Ce fut Chaboisseau qui reprit le plus rapidement ses esprits et la parole :

– Bien que tardivement, permettez-moi de vous présenter mes condoléances pour votre perte.

– Merci, murmura la veuve d'une voix à peine audible qui contrastait singulièrement avec celle employée un moment plus tôt.

– Vous venez, en fait, de nous communiquer la réponse à une des questions que nous voulions vous poser, continua Chaboisseau, sur le caractère et l'humeur de votre conjoint heu… défunt mari, se reprit Chaboisseau.

– Oui, mon époux était d'un tempérament enjoué. Bien qu'il ait sa tâche à cœur, cela ne l'empêchait pas de faire de l'humour à ce sujet. Des boutades qui parfois étaient d'un goût, non pas douteux, mais… comment vous expliquer… à ne pas prendre au premier degré.

– Comment cela ? intervint Lemoine.

– Il parlait souvent des différents ministères et du gouvernement en général comme de la mafia. Il avait coutume de répéter : "Ah, ces malfrats, que ne me font-ils pas faire !" ou bien il disait : "Ils auront ma mort, j'en suis certain", des tirades comme cela.

– Et après les événements, n'avez-vous pas songé que, peut-être, il ne s'agissait pas de plaisanteries, mais de réflexions sur sa situation ?

– Non. Il n'était pas d'un naturel à faire quoi que ce soit contre son gré.

– Cependant, vous croyez qu'il a été victime d'un homicide…

– Oui, bien sûr. Les circonstances de sa mort m'y obligent.

– Pensez-vous qu'il puisse s'agir d'un règlement de compte ?

– Mais pourquoi ? Ce sont les truands qui font cela, n'est-ce pas ? Or mon mari ne se mélangeait pas à ce milieu-là.

– Pourtant, il parlait de mafia, objecta doucement Lemoine.

– C'était des galéjades ! Je vous l'ai dit !

– N'avez-vous pas au fond de vous-même, juste un tout petit doute qui vous fait pencher vers la thèse de l'homicide au lieu du suicide ?

– Non, je vous l'assure ! Le suicide est hors de question. Pourquoi l'avoir tué, je l'ignore. Qui l'a tué ? Je ne le sais pas. Mais, il a été tué. De cela, je suis plus que certaine. » Madame Weber s'emportait visiblement. Son calme statuaire l'avait quittée à tel point que le bichon préféra échapper à ses caresses devenues un peu trop brusques à son gré pour aller se réfugier sur un pouf voisin.

– Madame Weber, une dernière question. Pourrions-nous avoir votre autorisation pour aller visiter vos propriétés de Cluis et de Buis-les-Baronnies ?

– Je ne vois pas pourquoi je refuserais. Si cela peut faire avancer l'enquête, car je suppose que vous la rouvrez, n'est-ce pas ? Vous avez mon entière permission. Je donnerai des instructions aux gardiens. »

****

De retour au commissariat, Lemoine et Chaboisseau se rendirent chez leur chef. Laforge et Dumoulin se trouvaient déjà dans le bureau de Gérard Lefebvre qui parlait.

– Bon, résumons. Laroche et Villemain étaient probablement sur deux coups sensibles. Un trafic d'armes lié à la mort du sergent Lavoine et le suicide du député Weber qui a tout l'air d'avoir été une mise hors service. Pourquoi ? Nous n'en avons strictement aucune idée pour l'instant. Mais, ce que nous savons, c'est que la thèse du suicide de Weber ne colle pas du tout avec les faits. Est-ce le cas pour les deux ? Ça aussi, c'est encore un mystère !

On dirait bien que des huiles haut placées ont fait jouer leurs contacts. Lafarge et Dumoulin, vous allez continuer du côté de Laroche. Regardez si le père est impliqué en quoi que ce soit, drogues, filles tout le bataclan. Quant à vous, Lemoine et Chaboisseau, vous filez en province. L'Indre d'abord avec Cluis, puis la Drôme avec Buis-les-Baronnies. En Provence, vous en profiterez pour faire un petit coucou surprise aux Lamont et à l'infirme, heu… Marcelle Fontaine. Je ne pense pas qu'ils soient mêlés à cette histoire, mais comme cela ils seront écartés définitivement. Du moins, je l'espère. L'affaire est assez complexe sans cela. Puis, la femme de la fontaine Saint-Sulpice a l'air tout à fait en dehors. Nous avons un taré dans le secteur, c'est sûr. Comme plusieurs des invités sont partis en villégiature ou en voyage à Amsterdam, la Russe, un stagiaire, Pascal et une Hollandaise, j'ai pris contact avec des collègues là-bas. Ils vont rappeler. Ah, oui ! J'ai réussi à débloquer des fonds. Lemoine et Chaboisseau, un hélico va vous emporter dans l'Indre d'ici une demi-heure. C'est plus rapide. J'ai aussi besoin de vous ici. »

31. Claire Lemagne travaille le soir

L'homme savait qu'elle serait au rendez-vous. Elle venait tous les soirs. Depuis le début du chantier, elle surveillait les travaux pendant la journée et revenait dans la soirée, après le dîner, faire un tour. Il attendait. Caché dans un placard, il l'avait observée plusieurs fois de suite. Il avait décidé qu'aujourd'hui serait le jour. Il le fallait. L'exaltation causée par l'apparition de Sophie au 20 heures s'estompait. Il avait besoin d'une autre excitation. Plus que de tuer, voir ses victimes à la télévision lui procurait une euphorie fulgurante. Il faisait tout pour que la découverte ait lieu le lendemain de son méfait. Il frappait toujours le soir. Le moment où l'attention des gens se relâchait, où la fatigue du jour s'accumulait et les rendait plus dociles et moins vigilants. Pour elle, ce serait facile. Le chantier lui offrait un terrain d'opération tout trouvé. Étendues en protection des parquets contre les éclaboussures de peintures et de vernis, les bâches feraient l'affaire. Tout était prêt sans qu'il ait à faire le moindre effort.

De son placard situé d'un côté de la cheminée du salon, il avait vue sur toute la pièce. Il avait percé plusieurs trous un soir, après sa venue. Personne ne s'en était aperçu. Les gonds de porte huilés ne laissaient entendre aucun grincement à l'ouverture. Les planches du parquet ne couinaient pas. Il avait posé sur le sol une couverture molletonnée pour s'en assurer. Il avait aussi confisqué toutes les clefs et les avait réunies en un seul trousseau sur le plan de travail de la cuisine. Il avait, bien entendu, omis d'y inclure celles des placards du salon. Dans l'immédiat, personne ne le découvrirait ; elle non plus. Le contraire avait peu de chance. Elle ne se préoccupait pas encore de l'intérieur pour l'instant. Elle décidait des volumes, des couleurs, des murs, des teintes des tissus d'ameublement. Il l'avait entendue en discuter au téléphone. Elle voulait que ce soit le soir pour juger de l'éclairage et de la vue sur Paris la nuit.

Ce soir, elle réfléchissait à une tonalité transmise à toutes les pièces. Une idée qui lui était venue au cours du dernier entretien avec son collaborateur. Créer un leitmotiv qui dominerait l'ambiance et procurerait l'illusion d'une continuité dans les deux salons, la chambre, le couloir et l'entrée. La cuisine et la salle d'eau reprendraient le thème en plus clair, mais tout aussi chaleureux. Son client aimait les espaces aérés. Cette solution le comblerait. Ce soir, elle voulait avoir un aperçu de son plan à la lumière des bougies qu'elle avait fait apporter dans la journée avec de grands candélabres. Elle se demandait quel en serait l'effet sur les murs et les plafonds déjà presque terminés. Cela la déciderait pour la teinte de la moquette et des tapis. Le projet avançait bien.

L'oreille tendue, l'homme l'entendit ouvrir les verrous de l'entrée. Si elle savait comme il avait été aisé de se munir des clefs ! Le trousseau pendait toujours à la porte pendant les travaux. Il l'avait subtilisé, avait fait faire un double et l'avait remis à sa place quelques heures plus tard.

Maintenant, il pouvait l'examiner déambuler dans la pièce. Elle portait un pantalon bleu qui moulait ses formes et un chemisier blanc flottant autour de ses hanches. Elle allait du mur à la fenêtre, regardait vers lui sans le voir et vint s'appuyer contre le placard. De la sentir si près lui envoya une décharge d'émotions qu'il eut du mal à contrôler. Il serrait dans son poing le cutter. Il faillit repousser la porte pour se jeter sur elle, mais la pensée de son plan si minutieusement élaboré l'en empêcha.

Il transpirait. Il avait chaud. Il sentait sa chaleur. Il imaginait ses seins sous le chemisier. Pourquoi n'allumait-elle pas les bougies, si elle les avait amenées ?

Claire Lemagne réfléchissait le dos à la porte derrière laquelle il la guettait. Dans son esprit, les meubles prenaient leur place. Elle travaillait toujours ainsi. En premier, sentir l'ambiance. Ensuite, mettre sur papier les idées. Elle voyait très bien où installer le coin détente, le bar, la bibliothèque et surtout, elle comprenait qu'il lui faudrait laisser les vitres nues. Un simple pourtour des ouvertures harmonisé avec le tissu du sofa, mais pas le même. Son client voulait du vert, beaucoup de vert et de bleu. Toutefois, elle mettrait une petite touche de rouge, d'orange et de jaune pour illuminer l'ensemble. Le pourtour des fenêtrages présentait une bonne occasion pour du jaune orangé. Elle le sentait. Elle fit quelques pas en direction des croisées.

Sans bruit, l'homme se pencha pour saisir avec sa main la sarbacane à compression. Il la plaça devant l'orifice percé auparavant à cet effet. Elle contenait une fléchette pour endormir le gros gibier. La femme ne serait pas tuée sur le coup. Non, il finirait le travail en artisan. Il attendit qu'elle fût à la fenêtre du milieu et actionna le mécanisme. Il la vit tituber et s'écrouler comme prévu. Il ouvrit les portes du placard sans précaution. Elle dormait. Il lui tâta le pouls. Elle vivait. Retirer la fléchette tout d'abord, se dit-il. Il éclata de rire. C'était vraiment trop facile.

Il sortit son scalpel et, un à un, fit sauter

les boutons du chemisier. Son membre se durcit à la vue des seins englobés dans leur écrin de dentelle vert pâle. Il arracha d'un geste sec le reste du haut qui atterrit en lambeaux sur la bâche. Il glissa sa main dans l'échancrure du pantalon et coupa la ceinture. Il l'abaissa jusqu'à dévoiler le bassin habillé d'un string assorti au balconnet. Il aimait quand les femmes prenaient soin de leurs dessous. Il lui ôta ses chaussures pour tirer sur les jambes du jean. Elle était offerte en slip et en soutien-gorge. Elle était à lui.

Il s'agenouilla près d'elle et malaxa les seins au travers de la dentelle. Sa main droite se déplaça vers le mont de Vénus. Il inséra l'index sous l'élastique. Brutalement, il lui écarta les cuisses pour enfourner ses doigts dans l'intimité humide.

Son membre palpitait contre la fermeture éclair. Il la fit glisser pour libérer sa turgescence. De sa main gauche, il lui prit le poignet et se caressa avec sa paume à elle. L'effet de la drogue était puissant. Elle ignorait ce qu'ils se faisaient. Il découpa son slip. Sans détacher son soutien-gorge, il fit jaillir les deux seins de leur cocon vert pâle. Il les empoigna avec force, imprimant ses ongles dans la chair. Elle était à lui. Se couchant sur elle, il la prit violemment, la bourrant de coups de poing pour la punir de son manque de réaction. Sur le point de jouir, il se retint, se releva et vint lui enfoncer son pénis entre les lèvres.

– Suce, salope, cria-t-il, mais la bouche restait inerte. Son désir mollissait. Alors, il la gifla à toute volée, pour la reprendre avec une violence accrue et se laisser aller en elle, écrasant ses seins de ses paumes. Il avait le temps avant son réveil. Il voulait voir la frayeur dans ses yeux. Il avait toute la nuit. Personne ne viendrait les déranger. Elle était là, jambes écartées. Il les écarta encore davantage pour scruter les lèvres roses. Il la rasa avec la lame, passa son doigt dans la fente. Son désir revenait. Il la prit encore une fois, sans fantaisie, ahanant sur elle.

Il la besognait avec acharnement quand elle reprit lentement connaissance. Ses paupières frémirent. Il exulta. Il lui enferma les poignets d'une main et les tint au-dessus de la tête. Il redoubla d'efforts. Il s'arc-bouta de son bras libre, lui tritura les seins. Puis, avec un sourire, il fit passer ses jambes par-dessus ses épaules. Il la maintenait dans une position de faiblesse et la regardait droit dans les yeux. Elle eut le temps de comprendre ce qui lui arrivait. Elle eut le temps de sentir ce corps étranger en elle. Elle eut le temps de hoqueter d'effroi. Elle n'eut pas le temps de crier. Il lui transperça la peau de l'aiguille posée à portée de main. Elle resta consciente un court instant, submergée par l'horreur de ce qu'elle vivait et sombra dans la nuit, emportée à jamais. Il éjacula avec force et se mit au travail.

Une fois toute trace de son passage en elle effacée, il alluma les bougies, puis sortit, tirant la porte derrière lui. Un sourire de satisfaction illuminait ses yeux. Enveloppé dans du plastique, il emportait un paquet qu'il déposa sur des poubelles deux rues plus loin.

Samedi

32. Pascal déambule dans Amsterdam

Quel soleil ! Il brillait, il éclairait, il émouvait, il aveuglait. Pascal se réjouissait malgré son mal de tête et une gueule de bois corsée. Il ignorait ce qui était le pire. Les élancements à l'intérieur du crâne ou les rayons de l'astre qui lui transperçaient les yeux au travers de ses verres fumés. Ses prunelles étaient prêtes à s'échapper de leurs châsses, ses paupières se couchaient en delà de ses orbites. Il l'avait eue sa nuit de vagabondage !

Après avoir trouvé une chambre, s'être rafraichi sous la douche, le jet ruisselant lui frappant les muscles de mille aiguilles cinglantes, il était ressorti rapidement se mêler à la foule noctambule, déambuler dans la cité des canaux. Le réceptionniste lui avait indiqué une boîte proche de la place Rembrandt dans la rue de l'Amstel. Le I.T. Un gouffre incroyable à la musique assourdissante.

Quand il eut franchi le seuil, il fut fouillé pour s'assurer de l'absence de toute arme sur lui ou peut-être de drogue. Le type ne parlait pas un mot de français et son anglais était bien trop rapide pour que Pascal le comprenne. Ce dernier était saisi, suffoqué, mais remarquait qu'il s'agissait de routine pour les malabars blonds habillés de blanc à l'entrée. La pénombre striée d'éclairs verts et violets fulgurants l'accueillit comme il empochait un laissez-passer. Il était submergé, immergé dans un remous incessant de corps et de chairs aux parfums enivrants et têtus. C'était à penser que chaque visiteur était racolé par une marque de lotion après-rasage pour en assurer la publicité. Les coiffures variaient énormément. Au début, il crut que c'était les reflets des boules lumineuses tournoyant aux quatre coins du plafond qui inondaient les chevelures. Rapidement, il se remit de sa méprise. Les danseurs s'étaient teint les cheveux de toutes les couleurs possibles et imaginables. Du jau-

ne canari vif mêlé d'orange, au vert fluores-
cent rainuré de violet, alternait avec des noirs
bleutés et des rouges foudroyants. D'autres
s'étaient réfugiés dans des striures blanches et
aubergine. Les épis colorés se mélangeaient
aux crânes rasés et aux flots opulents de bou-
cles soyeuses tombant jusqu'aux genoux. Les
mèches emmêlées des rastas frôlaient terre
chaque fois qu'ils se penchaient en arrière
pour tournoyer lentement au contretemps de
la musique.

La deuxième salle était envahie par une
plage immense. Du sable épais, roux, doux
recouvrait le sol. Les serveuses étaient en mo-
nokini pratiquement inexistants, la surface de
textile utilisée réduite au minimum. Les bron-
zages huilés luisaient sous les projecteurs
fouillant l'obscurité, seul le bar était en plein
soleil, le reste de la boîte était plongé dans
l'ombre des palmiers masquant les murs où la
nuit noire approchait. Le DJ se démenait à al-
léger une ambiance suffocante. La ventilation
n'arrivait pas à dissiper d'épais nuages de fu-
migènes colorés déployant inlassablement

leurs volutes laiteuses.

En respirant les remugles de sueur, de sang, d'encens, d'amour et de mort, Pascal se frayait un chemin pour atteindre le bar. Il comprenait que le géant blond sans slip pendu au zinc de cuivre aux hublots fermés était le champion d'Amsterdam. Il avait la plus grande queue de la région. L'affiche accrochée derrière lui était sans équivoque. Un groupe faisait irruption bruyamment, l'un des nouveaux arrivants venait challenger le tenant du titre. Il baissait la culotte, exhibait un organe énorme. Un serveur sortait un large décimètre d'écolier en plastique transparent. Le gars se branlait pour raidir son membre, lui faire atteindre ainsi sa longueur maximum. Il déclarait être prêt. Un jury se formait. Des cris, des sauts, des jubilations couvraient, pour un instant, les hurlements des haut-parleurs. Mais non, le gaillard pouvait se rhabiller. Il lui manquait quelques millimètres pour détrôner le King. La musique se taisait, le DJ annonçait qu'une fois de plus Jan était consacré. Les vivats fusaient au comble du paroxysme, le per-

dant payait la tournée, tout rentrait dans le vacarme ambiant. Une fille en bikini se frotta à
Pascal en venant chercher sa consommation.
Elle était belle, elle était blonde, elle était
grande et elle s'offrait. Pascal réfléchit peu de
temps, il but avec elle en la regardant droit
dans les yeux. Elle parlait trois mots de français, mais c'était ceux qu'il voulait entendre.

_ Voulez-vous coucher avec moi ce soir ? »

C'était chaud Amsterdam. Il ignorait où il
avait fini sa nuit, mais il savait comment. Au
petit matin, ils avaient rejoint un appartement
et à onze heures, après l'apaisement de leurs
sens en ivresse, elle l'avait gentiment mis à la
porte.

_ Je dois aller chez mes parents. C'est samedi. »

33. Marcelle sur le départ

Dans la cuisine de Marcelle, c'était la grande réunion. Sachant qu'elle partait incessamment pour les environs d'Avignon, ses amis et ses voisins défilaient pour lui souhaiter bon voyage.

_ Alors vous partez d'abord en vacances et ensuite en cure ? »

La concierge était venue aux informations.

_ Mais oui. Avec cette assistante sociale qui m'a fait découvrir que j'aurais un remboursement complet de mes frais à partir du mois de mai, j'ai inversé l'histoire. Je vais d'abord chez mes amis Jeanine et Bernard, et le huit août à Dax en cure.

_ Pour une fois, ce n'est peut-être pas plus mal non ?

_ De toute façon, je ne vais pas faire autrement. C'est mieux d'avoir cent pour cent de prise en charge.

_ Là, vous avez totalement raison.

_ Oh la la ! Attendez. C'est la porte et le téléphone en même temps ! Ça n'arrête pas aujourd'hui.

_ Répondez au téléphone, je vais voir à la porte. »

Marcelle trottinait jusqu'à l'appareil.

_ Allo oui... ah c'est toi… figures-toi la porte et le téléphone en même temps. Quand viens-tu ?... Ah bien d'accord, comme tu le sens… Tu es où maintenant ? … Ah bon, ça va. Tu m'as fait peur. ……… Tu as fait bon voyage ?... Dis donc, ce soir si tu veux… Mais non, je te rappelle… Toi alors !... Merci, et donne le bonjour à Charlotte.… Oui très bien je te raconterai plus tard. … Au revoir… Oui d'accord. »

Elle revenait pour trouver la sœur de la voisine avec le petit Philippe attablée dans la cuisine.

– Vous êtes rentrés vous deux ?

_ Oui, je suis allée le chercher.

_ Alors Philipe. On ne dit pas bonjour à Marcelle ?

_ Bonjour Marcelle.

_ Je n'ai pas droit à la bise aujourd'hui ?

_ Si.

_ C'est gentil. »

Les baisers claquaient, mouillaient les joues.

_ Chantal, vous prendrez bien un petit café ?

_ Ne vous dérangez pas madame Marcelle.

_ Mais, pas du tout. Vous alors, vous êtes unique !

_ Dans ce cas-là, je veux bien.

_ Et vous ?

_ Si vous vous y mettez, je ne refuse pas.

_ À la bonne heure ! C'est ça ! Combien de morceaux ?

_ Deux.

_ Moi, un et demi.

_ Moi, je le prends toujours sans sucre !

_ Et votre festin, ça s'est bien passé ?

_ Comme vous y allez fort. Mon festin, mon festin… Christiane et moi nous allons à peu près une fois par mois déjeuner en ville.

_ Racontez votre menu !

_ Moi, ma folie cette fois, c'était une langouste grillée.

_ Vous vous êtes régalée au moins ?

_ Je ne vous dis que ça ! Et puis Gaston nous a offert un flan comme dessert.

_ C'est vrai qu'ils sont délicieux.

_ Vous savez que le traiteur lui en a demandé la recette ?

_ Non ?

_ Si ! Et il lui a répondu : "Si tu me fais mes pieds panés, je te fais tes flans."

_ Ça au moins c'est malin !

_ Oui, parce que c'est un plat qui prend du temps.

_ Ah ! Voilà l'eau qui bout.

_ Ne vous levez pas, je le passe.

_ Vous êtes bien gentille.

_ Isabelle m'a dit que Magalie était venue vous rendre visite il n'y a pas longtemps.

_ C'est vrai. Vous savez où elle va ? Je vous le donne en mille. À Karakorum.

_ C'est où ça ?

_ En Mongolie.

_ Je ne vois pas.

_ Et bien, en Chine si vous voulez !

_ En Chine !

_ Oui et tout d'abord elle traverse la Sibérie.

_ Oh lala ! Elle peut emporter son manteau de fourrure.

_ En Sibérie, il fait froid !

_ D'après elle, c'est un climat continental avec un été torride.

_ Elle est sûre ? Parce que d'après moi, en Sibérie, il y a toujours la neige.

_ Oui, c'est parce que l'hiver est plus specta-culaire.

_ Si c'était si chaud, ils le feraient voir à la télé.

_ Elle doit bien le savoir puisqu'elle y est déjà allée.

_ Peut-être, mais en Sibérie il y a des camps.

_ Mais, c'était avant. Tiens, encore le télé-phone ! »

Marcelle quitta la discussion pour répondre à l'appel.

_ Je crois que Marcelle se trompe parce qu'à la télé, ils l'ont bien fait voir.

_ Oh, il n'y aura qu'à attendre que Magalie revienne. Elle vous racontera tout cela.

_ Si elle revient ! »

Le retour de Marcelle mettait fin aux spécu-lations de la concierge.

_ C'était Jeanine. Elle se demandait quand j'arriverai. Je lui ai dit que nous partions tout de suite. J'y serai demain en fin de matinée. Comme cela, ils seront remis de leur raout.

_ Votre nièce, c'est où qu'elle va ?

_ À Karakorum.

_ C'est un mot latin ? Ça veut dire quoi ?

_ Là… vous m'en demandez trop. Elle m'a expliqué que c'était l'ancienne capitale de la Mongolie. Vous pensez, moi je croyais qu'elle parlait d'Astérix et d'Obélix. Qu'elle me faisait une blague !

_ Mais elle était sérieuse !

_ Evidemment ! D'ailleurs, chez Gibert, elle m'a montré les livres qu'elle achetait sur Gengis Khan. Et c'était justement lui le fondateur de la ville qu'elle visitera.

_ Ah ! Je vois. C'est la famille de l'Aga Khan.

_ Peut-être. Il faudra lui demander tout cela lorsqu'elle reviendra.

_ Elle y reste longtemps ?

_ Deux ou trois mois environ.

_ Elle a de la chance de voyager comme cela.

_ Oui, elle a beaucoup de succès dans son travail. »

Marcelle n'avait aucune envie de leur faire lire la lettre de Magalie. Elle la gardait pour les intimes. Elle en parlerait à Jeanine.

Le petit Philippe, qui jusque-là était resté tranquille à jouer avec sa Golf miniature sur le rebord de la fenêtre éleva la voix.

_ Moi, quand je serai grand, j'achèterai une auto pour Marcelle et nous irons voyager tous les deux !

_ Comme tu es mignon.

_ Tu veux une voiture pour Marcelle ?

_ Oui.

_ C'est gentil.

_ Viens mon amour, viens me donner un bai-ser.

_ Et puis, nous aussi, on ira à Raroum.

_ Karakorum, lancent les trois femmes en chœur.

34. La conférence de Song

Song était prêt à prendre la parole. Cette soliste allemande, malgré tous les rôles qu'elle avait chantés et tous ses disques enregistrés, connaissait bien peu de l'appareil vocal. Dire qu'elle confondait flageolets et harmoniques ! En plus, elle chantait véritablement faux, et elle appelait cela de l'interprétation. La majorité de l'auditoire étant muni d'oreilles insensibles, personne ne pouvait entendre la différence. Il était en pleine forme, il allait leur faire une démonstration efficace. Il était temps de remettre les choses en place !

« La Shampoing », comme il la surnommait en son for intérieur, méritait une leçon.

La cantatrice à la retraite, il le comprenait, se raccrochait à la scène comme elle le pouvait. Elle allait de congrès en congrès, donnait des « master class » et profitait de sa position pour enterrer le plus possible de jeunes, qui s'ils ne l'avaient pas rencontrée, auraient peut-être fait une carrière. Quant à ceux qui réussissaient, en dépit d'avoir suivi ses cours, c'était des très forts, qu'elle n'avait pas pu détruire. Cela, plusieurs membres de l'association le pensaient comme lui, mais personne n'osait le prononcer à voix haute en public. Lui, il s'était mis en tête de faire encore mieux. Il allait démontrer la véritable manière de produire le chant diphonique, avec le contrôle de chaque harmonique en particulier. Il savait très bien que c'était jeter un pavé dans la mare aux grenouilles, mais il se l'était promis. Il attendit que le bruit des applaudissements s'estompât, avant de se lever et de se diriger à son tour à la barre.

La première chose qu'il fit fut de déconnecter le microphone, à l'ahurissement des spectateurs remplissant l'auditorium. Le silence se fit palpable, et il émit de sa voix claire et sonore, audible jusqu'au fin fond de l'amphithéâtre.

_ Puisque nous prétendons être à l'instant réunis à un congrès de professeurs de chant et de cantatrices, cela implique d'après moi que ceux qui osent prendre la parole pour nous expliquer le fonctionnement de l'appareil vocal en aient au moins une connaissance profonde eux-mêmes et soient en état de contrôler le leur. Ceci est la meilleure gageure de leur savoir. Madame vient de nous distraire avec des termes comme… résonateurs, flageolets, harmoniques. Il serait tellement plus bénéfique et efficace, au lieu d'utiliser tant de mots pour nous les décrire, d'en faire la démonstration. Puisque, comme vous pouvez le constater en ce moment, je parle sans l'aide d'un microphone et, que même ceux assis au dernier rang de l'amphithéâtre peuvent saisir chacune de mes paroles, je vais faire en sorte que vous compreniez le sens véritable de chacun de ces termes usités dans notre jargon. Effectivement, j'emploie, comme chacun de nous, mes résonateurs frontaux et maxillaires supérieurs pour projeter ma voix. La différence peut-être avec madame lorsqu'elle chantait (il appuie légèrement sur le verbe, pour en accentuer la conjugaison à l'imparfait), est que j'en ai une connaissance profonde et un contrôle presque parfait, ce qui m'autorise à parler tout autant que de vocaliser sans avoir recours à la technologie moderne pour me faire entendre dans une salle, même si l'acoustique n'y est pas irréprochable. »

Il fit une petite pose pour permettre à son auditoire d'assimiler ses paroles. Elles firent un effet tangible ; il vit le public, percuté, attentif.

_ Donc, non seulement j'utilise, mais je contrôle les résonateurs suivants : ceux de la gorge, du nez, des joues, ceux du front et ceux de la poitrine. »

En désignant chaque endroit, il émettait ses paroles avec une exagération nette sur le vibrateur indiqué.

_ Chacun d'entre nous connaît cette théorie des résonateurs, nous l'avons tous étudiée au collège pendant les cours d'acoustique, mais je pense que peu d'entre nous se la sont appropriée, et sont capables de la mettre en pratique. Pour ce qui est des flageolets, je sais que la plupart croient qu'ils sont inhérents à la voix féminine. Rien n'est plus faux. »

Il produisit une série de sons, très stridents, mais si légers à la fois, qu'ils en étaient virtuellement palpables. Là aussi, il torpilla la théorie de la chanteuse qui venait d'assurer que les flageolets étaient l'apanage des voix de femmes exclusivement.

_ Il est vrai que nous les hommes, nous ne les utilisons que très rarement dans notre culture. Ce qui est loin de vouloir dire que nous ne les possédons pas. C'est un malentendu qu'il était temps de dissiper. Je crois que je vous ai également convaincus sur ce point. Il me reste à éclaircir pour vous le cas des harmoniques, comme nous les entendons. Chaque son a, bien entendu, ses harmoniques propres, et chaque son et chaque note que nous produisons ont donc, par ce fait irréfutable, leurs harmoniques. La distinction est que certains vocalisateurs sont capables de les émettre sur commande, d'amplifier plus ou moins l'emphase sur telle ou telle harmonique. Dans ce cas, nous parlons de chant diphonique. Pour bien vous faire saisir ce à quoi je réfère,

je vais exécuter pour vous "Le chant du départ" en harmonique. »

Un bourdonnement sonore s'éleva, remplissant l'air comme l'aurait fait un essaim
échappé de la ruche, et puis très distinctement,
fluide et clair plana au-dessus du vrombisse-
ment « Le chant du départ ». L'auditoire fut
électrifié, subjugué. L'effet fut instantané, ils
se mirent presque au garde-à-vous. Le chant
se tut et le silence grésilla encore de
l'inexplicable lorsque Song enchaîna très naturellement.

_ Mesdames et messieurs, j'espère vous avoir
prouvé que lorsque j'utilise le terme
d'appareil vocal, je sais exactement ce dont il
s'agit. De même que les lexèmes de résona-
teur, flageolet et harmonique sont pour moi
plus que des allusions vagues à des phénomènes physiques confondus. D'autre part, je
pense avoir, avec succès, détruit le mythe
qu'un orateur ne peut se passer de microphone
dans cette salle. Je vous ferais remarquer que
je parle depuis trois quarts d'heure sans l'aide

d'autre technologie que ma connaissance pratique des lois de l'acoustique et de ce qui en découle. Ma mise au point est terminée, si vous avez quelque question que ce soit, je serai à votre entière disposition. »

Song marcha droit vers la porte pour quitter la salle étant donné que la tournée des interventions était à son terme. Il ne voulait pas courir le risque d'être interpelé par un confrère maintenant, et par politesse, de devoir lui répondre. Cela aurait pu entraîner la déformation de ses propos.

Dans le brouhaha de la confusion qui l'accompagna vers la sortie, on perçut des « Incroyable ! Formidable ! Intolérable ! » Cette dernière interjection venant de la cantatrice qui avait vu son exposé exploser.

35. *Le captif*

Gérard Ampeau se réveillait péniblement. Un mal de crâne impitoyable lui envoyait des étoiles fulgurantes sous les paupières. Chaque illumination était comme un éclair une soirée orageuse en rase campagne et provoquait une douleur lancinante dans les tempes. Il ne gardait pas en mémoire avoir bu tant que ça. Pour autant qu'il s'en souvienne, il était sorti du journal et avait pris une bière avec quelques collègues. Puis, son frère l'avait appelé et ils s'étaient retrouvés chez lui pour dîner.

L'appartement de son frère offrait toujours le même air de désolation. Il avait du mal à s'organiser. Gérard avait cru un instant que sa nouvelle amie saurait l'aider à se mettre sur les rails, mais il n'en avait rien été. C'était le plus grand désordre avec la télévision et la radio qui émettaient en continu. L'une, des films gores dont son frère raffolait ; l'autre, de la techno insupportable. De temps en temps, aux cris des victimes d'horreur se mêlait de la musique de jazz de l'ordinateur qui lui aussi restait constamment allumé. Si on lui demandait pourquoi tout ce vacarme était-il nécessaire et qu'on lui faisait remarquer qu'il était impossible de distinguer quoi que ce soit, son frère répondait immanquablement que le but n'était pas d'écouter, mais de ne pas pouvoir entendre. La nuisance sonore ne risquait pas de gêner les voisins : il n'en avait pas. Il habitait un loft au-dessus d'un entrepôt près de la ligne de Sceaux et même le charivari des trains déclarait forfait en regard de la cacophonie ambiante.

Peu à peu, Gérard Ampeau émergeait des brumes de son esprit. Il prit conscience de ne pas être dans son lit, mais allongé à même le sol. Il se tâta, constata qu'il avait tous ses vêtements et ses chaussures. Si sa migraine l'empêchait de penser clairement, il se rendit tout de même compte que ses poches ne contenaient ni son portable ni son portefeuille.

« Et, merde, lâcha-t-il à haute voix, je me suis fait agresser et on m'a chouravé mes affaires ! » La bosse qu'il sentait naître sous ses doigts en parcourant son crâne de la main le confirma dans son opinion. Que s'était-il passé ? Il ne se rappelait plus rien.

Avec difficulté, il se mit sur son céans. Il faisait nuit noire. Il n'y voyait absolument rien. Il fut pris d'une violente nausée. Un goût aigre remonta sur sa langue. « Oh, non pas ça ! » gémit-il. Il ne voulait surtout pas vomir.

Petit à petit, ses pensées revenaient par éclair. Ils avaient dîné d'un repas mexicain qu'ils avaient fait livrer. La nourriture était mangeable et les tacos bien croustillants. Si seulement son frère avait consenti à baisser le volume de ses appareils sonores, l'ambiance aurait été supportable. Mais, de cela, il n'était pas question. Il prenait comme une insulte personnelle toute allusion dans ce sens. Il s'emportait vite. Gérard préférait préserver la paix et subir les instruments tonitruants qui, par ailleurs, rendaient tout échange verbal impossible. De ce fait, leur conversation s'était limitée au strict nécessaire. C'est soulagé qu'une fois leur repas terminé, Gérard avait accepté la proposition d'aller prendre un dernier verre.

Cela lui revenait. C'était dans la ruelle en quittant l'entrepôt que son frère avait crié « Attention ! » Au même moment qu'il ressentait un coup sur la tête. Maintenant, il s'en souvenait. Il s'était écroulé en avant et avait senti des mains le retenir. Était-ce son frère ou leur agresseur ? Et où était-il ? Peut-être juste à côté de lui dans l'obscurité ? Il appela doucement. Aucune réponse ne lui parvint. Il se mit debout dans le noir. En étendant les bras, il toucha un mur qu'il longea jusqu'à sentir sous sa main une porte en fer et un commutateur. Il était à l'intérieur d'une pièce. Il actionna l'interrupteur. Aucune lumière ne jaillit. Les revêtements étaient rugueux avec des joints grossiers. Des parpaings. « Une cave, » pensa Gérard.

Il s'éloigna de quelques enjambées de la paroi dans un sens puis dans l'autre, les bras

étendus devant lui. Rien. Aucun obstacle.
Avec plus d'assurance, il longea le mur sur la
droite. Il dénombra cinq pas pour arriver à
l'angle. Il fit demi-tour et recommença du côté opposé de la porte jusqu'au coin. Il était enfermé. Pourquoi ? Était-il prisonnier ? De
qui ? Il marcha vers l'encoignure à droite et
poursuivit sa route le long du mur perpendicu-
laire. Étreint par l'angoisse, il fut obligé de
s'arrêter après avoir compté quinze pas. Tous
ses sens étaient en alerte, exacerbés. La
frayeur de la nuit l'enserrait dans ses griffes.
Son ouïe répercutait les battements de son
sang. Il s'astreignit à respirer lentement et
profondément. La chamade de son cœur se
calma. Ridicule d'avoir peur. Il était enfermé
dans le noir. Cependant, mis à part la bosse
sur son front, on ne lui avait fait aucun mal. Si
on avait voulu le tuer, il serait déjà mort. Il se
raisonnait comme il le pouvait.

Son pied buta contre un objet au pas suivant. Ce fut suffisant pour que son cœur
s'affole de nouveau. Il retint un cri. C'était

mou. Il se baissa et reconnut du doigt un matelas. Il marcha délibérément dessus et tendit les bras en avant. Il touchait le panneau. Il avait perdu le compte exact des pas, mais au jugé, dix-huit. La couche était à l'angle des deux murs. Un matelas d'une personne. Il s'enhardit. Termina son exploration et retrouva la porte. Donc, un local sans autre ouverture fut sa conclusion pour l'instant. Il tâterait les cloisons plus haut. Il pouvait très bien y avoir une fenêtre, un vasistas… Il était épuisé.

Il ne put se résoudre à s'allonger sur le matelas. Fourbu, il s'étendit par terre pour attendre. Attendre. Sur cette pensée, il s'endormit malgré l'inconfort de la situation.

36. Des archives à la salle de rédaction

Tina Blanchard, assise devant son ordinateur, suivait un débat à l'assemblée retransmis en direct. Peu de députés étaient présents et ceux qui l'étaient somnolaient sur leur siège. L'animation était plus que minime. De la chaire s'élevait un ânonnement presque inaudible. Pas de quoi remuer les foules.

Avec un soupir, Tina se mit en devoir d'écumer le Net à la recherche d'informations récentes sur l'éducation nationale. Toujours la même chose. Les femmes se retrouvaient à couvrir la mode ou la vie scolaire. Enfin, elle n'allait pas se plaindre. Il s'agissait d'une véritable promotion qui lui avait permis de quitter le local des archives. Timothey Beigbeder, le rédacteur en chef, était venu lui annoncer la bonne nouvelle. Il lui confiait ce poste où elle devait rendre un papier toutes les semaines. Libre à elle de choisir son sujet à condition qu'il n'ait pas été traité les deux dernières années. Possible aussi parfois d'avoir à faire un article sur un sujet donné d'actualité.

Tout en faisant défiler les pages, Tina Blanchard parcourait la salle de rédaction du regard. Elle fut étonnée de voir Gérard Ampeau assis à son bureau alors qu'il lui avait dit l'avant-veille partir pour plusieurs semaines en reportage. Bah ! C'était sans importance. Elle avait peut-être mal compris. Elle se plongea dans la lecture d'un article sur l'enseignement dans les scolasticats catholiques, connaissance qui pouvait conduire au Vatican.

Se sentant observée, elle releva la tête. Gérard Ampeau la fixait avec insistance. Se voyant pris en flagrant délit, il détourna vivement les yeux.

Tina s'assura que le séminaire n'avait pas fait l'objet d'une chronique ces dernières années et se lança dans la rédaction d'un plan pour son article. C'était la phase qu'elle affectionnait particulièrement ; l'instant où l'imagination pouvait s'éloigner des sentiers battus ; où elle pouvait laisser libre cours à sa fantaisie la plus débridée. Ensuite, quand le moment de l'écriture viendrait, il faudrait y coller le plus possible pour la cohérence. Elle pourrait, bien sûr, s'en écarter un peu, mais sans exagération.

Réfléchissant à sa découpe, elle releva la tête et rencontra le regard de Gérard Ampeau. Dur, sans émotion. Cette fois-ci, il ne se détourna pas et plongea ses yeux dans les siens avec une grimace vindicative qui la surprit. L'idée l'effleura qu'il devait bûcher sur un sujet qui lui tenait à cœur et que l'expression de son regard en était le résultat. Le connaissant peu et tout à son propre travail, elle se remit à la construction de sa structure.

Une journée pour établir l'argument de sa composition, deux jours pour la rédaction, un après-midi de relecture… Elle serait dans les temps et à même de rendre son papier, comme convenu, pour la clôture de l'édition.

C'était presque l'heure des informations de treize heures. Instant sacro-saint où tous les journalistes présents prenaient, qui un café, qui un thé ou autre boisson, pour se regrouper autour de l'écran télévisuel. Aujourd'hui, Tina n'avait pas besoin de remonter des archives pour assister au rituel. Elle faisait maintenant partie de ceux qui rédigeaient au lieu de classer les informations qui aideraient les autres à élaborer leur prose. Un mug de thé à la main, elle s'approcha du cercle autour de l'image. En vue du Grand Prix de Monaco, une rétrospective de la course captait les esprits. Puis, ce fut une annonce spéciale. La photo d'une jeune femme apparue sur l'écran. On recherchait son identité. Son corps avait été découvert dans la fontaine Saint-Sulpice à Paris. Tina Blanchard pensa défaillir. Elle se cramponna au bureau à sa gauche et lâcha son mug. Sa camarade Sophie la dévisageait par-delà les ondes. Stupéfaite, elle balbutia :

– C'est Sophie. C'est mon amie. » Elle porta les mains au visage pour ne plus être confrontée à l'horreur cathodique. Avant de se laisser tomber sur une chaise, elle put voir Gérard Ampeau qui la scrutait avec un air indescriptible. Puis, tout se brouilla dans les larmes. Les images de la télévision virevoltaient devant elle et ses collègues, soudain cons-cients de son malaise, se tournèrent vers elle quand elle murmura.

– Pas étonnant qu'elle n'était pas là. »

Voulant se lever, elle vacilla et retomba sur la chaise avant de se remettre grâce au verre d'eau qu'une main lui tendait. Elle but d'un trait.

– Je peux vous accompagner à la police, entendit-elle Gérard Ampeau prononcer.

– Oui, merci. Allez avec elle, répondit Ti-mothey Beigbeder. C'est plus prudent. »

37. Grand Café, Amsterdam

Pascal commanda un second capuccino sur la terrasse du Grand Café. En face de lui, des bateaux-mouches accostaient, tanguaient, roulaient, partaient pour une randonnée fluviale.

Trois jeunes de son âge plongèrent soudainement dans l'eau trouble nauséeuse. Ils se mirent à nager vigoureusement, prenant le large pour éviter de payer l'addition. Rapidement, ils disparurent dans un crawl stylé. Aucun membre du personnel ne put réagir. Se jeter à l'eau tout habillé était pourtant loin d'être un plaisir, mais ils riaient à gorge déployée du bon tour qu'ils venaient de jouer. Ils se sentaient les héros d'un scénario connu d'eux seuls.

La diversion avait dissipé les fusées lancinantes sous les sourcils de Pascal, il pouvait attaquer un petit déjeuner. Il était midi. De l'eau glauque émanaient des effluves de vases. Les sureaux de l'autre côté du boulevard étaient en fleurs.

Pascal se prélassait en attendant sa commande. Il bâilla démesurément.

38. Conférence de Marina

Marina avait les genoux qui littéralement tremblaient, s'entrechoquaient sous son corps. La gorge et la bouche sèches, elle déglutit avec difficulté. Elle s'humecta les lèvres en faisant aller plusieurs fois sa langue de droite à gauche. Son estomac se creusa, ses mains devinrent moites. Dans quelques secondes, c'était à son tour de dépeindre la situation dans son pays.

_ Pour elles, il est moins question de salaire égal que de tout simplement trouver du travail. Pendant soixante-dix ans, elles ont cru être les femmes les plus choyées, les plus heureuses de la terre parce que c'est ce qu'on leur a déclaré jour après jour, bulletins de propagande après émissions de radio et reportages de télévision qui leurs envoyaient des images de celles de l'Ouest peinant au labeur, ayant trop peu de nourriture pour soutenir leurs familles, manquant de vêtements chauds pour passer l'hiver. Elles seules, les femmes soviétiques, pouvaient pourvoir à tous leurs besoins, leur gouvernement les traitait en princesses. À Paris, à Londres, à Berlin, à New York, l'État détruisait les foyers, soutirait un profit énorme aux ouvriers pour subvenir aux exigences capitalistes de leurs dirigeants. Exclusivement en Union soviétique, la vie était vivable. On leur a menti. Elles ont à peine le droit de respirer, de se saouler pour oublier leur misère ou bien de se suicider lorsque tout devient intenable.

Bien sûr, il y a des cas spéciaux. Certaines femmes arrivent malgré tout à se créer une situation, telles Irina ou Svetlana. Mais, pour une debout sur la crête de la vague, combien sombrent dans l'abîme du raz de marée qui les emporte tous vers on ne sait plus quel paysage d'apocalypse de palmiers hurlants sous les rafales, de trombes d'eau se déversant en déluges des cieux.

Oui, Irina et Svetlana sont deux cas de femmes qui ont réussi grâce à quelques contacts et surtout beaucoup de labeurs à se créer une situation améliorant leur position.

Toutes les deux donnent des cours de russe à des Occidentaux. Elles ont tout d'abord été employées à l'Institut des Relations étrangères de Moscou. Des groupes de toutes les nationalités venaient apprendre le russe. Depuis la pérestroïka, leur nombre a considérablement augmenté. Très vite, elles ont compris, que l'agence de voyage qui recrutait les étudiants, s'octroyait la part du lion des bénéfices, que mieux valait se constituer une clientèle privée. Petit à petit, en s'aidant mutuellement, elles se sont construit un réseau de fidèles, l'un amenant l'autre.

Svetlana, divorcée, habite avec sa fille qui bientôt va convoler. Grâce à son salaire, elle est indépendante, elle a pu acheter son trois-pièces, situé à dix minutes à pied d'une station de métro, ce qui est très prisé à Moscou. Elle parle l'anglais couramment et suit des cours de français depuis peu.

Irina est mariée, elle élève ses deux fils avec Victor, son conjoint. Ils ont pu se rendre propriétaires de l'appartement contigu au leur. Avec leurs parents, ils possèdent tout l'étage.

Elle voit la gare de ses fenêtres ; n'a qu'à traverser la chaussée pour prendre le métro qui la dépose en ville. Son logement est sans cesse visité par des étudiants du monde occidental, lui assurant un revenu confortable.

À Moscou, les familles pouvant louer une pièce de leur appartement à des étrangers sont sauvées. Quelques-unes passent même l'été entier à la datcha, abandonnant la totalité de leur logement moscovite, ce qui leur permet de survivre l'hiver. Elles entretiennent un jardin potager, ramassent dans les alentours assez de champignons et toutes sortes de fruits sauvages, qu'elles sèchent ou stérilisent pour agrémenter leurs menus hivernaux. De cette manière, elles s'assurent du taux nécessaire de vitamines, de minéraux dans leur alimentation journalière, que ne leur permettraient pas d'atteindre les seuls achats réalisés avec leur salaire.

Mais, il y a aussi Liouba qui vient de se suicider à vingt ans. Elle se sentait inutile. Elle vivait avec sa sœur aînée et sa mère. Enfant, elle avait subi un empoisonnement du sang, ce qui l'avait retardée dans sa scolarité. D'une susceptibilité presque congénitale, elle supportait très mal les remarques de sa mère et de sa sœur. Aigries par les dures journées de labeur, elles lui reprochaient de ne pas pourvoir à ses besoins, de ne pas participer à la récolte du gain mensuel par de menus travaux. Liouba a préféré se supprimer, au lieu de rester en butte aux récriminations familiales.

Puis, il y a Nina M. qui était mariée, pleinement heureuse. Mais, après la pérestroïka, les revues et les programmes télévisés ont décrit des femmes qui, sans travailler, menaient une existence facile. Alors, après la lecture de l'un de ces articles, elle a abandonné sa fille, son mari, son poste, elle a changé de vie. Aujourd'hui, elle a un bel appartement, des vêtements, beaucoup de distractions. Les hommes, qu'ils soient laids, tordus ou courtois, la paient pour ses faveurs. Elle est directrice de sa propre coopérative. Encore mieux, la marchandise lui appartient. Elle peut augmenter ou baisser les prix comme bon lui semble. Ce qu'elle désire, c'est fonder un syndicat puisque cette profession est la plus vieille du monde, et elle veut des députés au parlement. Elle a écrit à "Jeunesses rurales" pour faire part de son projet.

Les femmes sont toutes, à leur manière, actives. C'est sûr que le mouvement féministe aura un succès fou, il y a tant de problèmes à résoudre.

Dans notre pays, les femmes sont toujours victimes de la loi. Elles doivent faire des interruptions de grossesse illégalement, cinquante pour cent des avortements sont pratiqués sur des mineures. De ces déplorables conditions découlent un vaste nombre de mutilations, d'abandons d'enfants qui grandissent sans parents dans des orphelinats, pour errer plus tard en bandes dans les villes.

Les femmes ont toujours, en plus de leur travail, leurs tâches journalières au foyer, mais elles sont démunies d'appareils électroménagers. En plus, elles gaspillent leur énergie et leur temps à la recherche des denrées alimentaires. Elles doivent faire constamment face à l'inflation tumultueuse.

Les femmes ont du mal à être femmes, il leur est difficile d'être des êtres humains, tout comme les hommes.

Les femmes ont une question : combien de temps devrons-nous encore endurer cette vie ?

L'eau que nous buvons est saturée de microbes, la nourriture que nous mangeons est fréquemment avariée, l'air que nous respirons est pollué, les vêtements que nous portons sont usés, élimés.

Elles sont prêtes à marcher avec une pelle, une fourche, un pieu ou une arme quelconque qui leur tombera sous la main, contre ceux qui ont conduit notre société à cet état de bête. Que les personnes âgées doivent faire la queue devant les guichets, vendre ce qui leur est cher, rentrer chez elles épuisées, rend la plupart de nos femmes aveugles de rage.

Notre peuple voit disparaître en trois jours les économies amassées à grand renfort de labeurs tout au long de cinquante années. Les vieillards doivent se battre pour être capables

de s'alimenter. C'est ça ou bien se laisser cre-
ver de faim dans leur logis. Beaucoup ont
perdu leurs enfants dans les dernières guerres
qui ont épuisé notre pays. Et beaucoup encore
deviennent les victimes des conflits sanglants
qui aujourd'hui sont provoqués par les struc-
tures politiques qui s'accrochent au pouvoir.

En outre, il y a quantité de femmes qui,
comme Nina dans la Pravda du 7 novembre
1990, déclarent : " Je ne fais pas de politique,
je ne veux pas être révolutionnaire. Je ne suis
qu'une simple femme, qui rêve d'élever ses
enfants, de mener une vie tranquille, de profiter des joies de la nature, du soleil, de son
amour. Mais, pourquoi faut-il qu'on me propose toujours de faire tel ou tel choix politique, de définir à quel bord j'appartiens : droite
ou gauche, "vert" ou "bleu", de préciser si
Lénine était bon ou mauvais, s'il faut une
économie de marché ou non ? Et, qu'est-ce
que j'en sais ! Pourquoi, dès que j'allume la
télé ou que j'ouvre un journal, dois-je sans
cesse rencontrer ces problèmes, "me politi-

ser" ? On nous a toujours enfoncé quelque chose dans le crâne, d'abord ceci, maintenant cela. Comme nous sommes tous fatigués ! Je n'irai renverser aucun monument parce que j'estime que c'est un acte de vandalisme, mais voici ce que je ressens : si on continue à faire pression sur les gens, à alourdir une atmosphère déjà chauffée, le pire peut arriver. »

Marina se ménagea une petite pause, but une gorgée d'eau du verre posé devant elle.

_ Ce qui déprime le plus les femmes d'aujourd'hui, c'est de voir comme il est complexe de rester humain. Notre pays s'est effondré, nos familles sont disloquées. Nos lieux habituels de vacances nous sont interdits, il nous faut des permis spéciaux pour visiter nos cousins, nos parents.

Oui, la situation des femmes en Russie est ardue. Je pourrais continuer à vous citer de nombreux cas. Tous différents les uns des autres, et pourtant tous avec un dénominateur commun. C'est pour nous une bataille journalière que de pouvoir survivre.

Salaire égal pour travail égal ? Depuis des mois personne n'a touché un centime !

Oui, la situation des femmes et des hommes est égale ! Malheureusement, ça a basculé du mauvais côté, il faudrait un renversement total. Mais, avant tout, nous voulons vivre tous autant que nous sommes, et croyez-moi, aucune des femmes de Russie n'aspire à la guerre qui lui fait perdre ses fils et ses enfants. »

Marina, tout assourdie par l'ovation qui montait de la salle, sourit alors sous le flash des photographes. Elle termina le peu d'eau qui restait, descendit en titubant les marches de l'estrade. Soulagée.

39. Découverte de Claire Lemagne

L'effervescence régnait dans le bureau du commissaire Lefebvre.

Lafarge et Dumoulin revenaient de l'appartement rue Auguste Comte où on venait de découvrir le corps de Claire Lemagne.

À sept heures du matin, le peintre polonais l'avait immédiatement reconnue et il avait alerté le concierge qui avait prévenu la police. Lafarge et Dumoulin étaient arrivés peu de temps avant l'équipe scientifique dépêchée sur les lieux. À huit heures, le bâtiment était sécurisé et une foule de badauds se pressait sur le trottoir opposé, le long des grilles du Luxembourg.

Le corps de la victime était entièrement dénudé et des traces de sang marbraient ses membres inférieurs. Alerté par les marques, Michel Bertrand, le médecin légiste, avait procédé à un examen provisoire qui confirmait ses craintes. Claire Lemagne avait été éviscérée de la même manière que la jeune

242

femme retrouvée dans la fontaine Saint-Sulpice et dont on connaissait maintenant le nom, une amie l'ayant formellement identifiée : Sophie Delarbre.

– À première vue, il n'y avait aucun lien entre les deux, dit Lafarge.

– Pourtant, il doit y en avoir un. Le tueur sait exactement où elles vont, où elles habitent, leurs habitudes, etc. A-t-on une idée de la façon dont il opère ? tonna le commissaire excédé par les circonstances.

– Pas vraiment, concéda Dumoulin.

– Bon, tout le monde en salle de crise dans un quart d'heure. Dumoulin, prévenez Michel Bertrand. Il pourra peut-être nous éclairer un peu plus, » termina Lefebvre.

****

Une quinzaine de minutes plus tard, Lafarge et Dumoulin, Chaboisseau et Lemoine, Demonge et Lacombe et quelques autres se retrouvaient devant les photos des victimes. Quatre jeunes femmes avaient perdu la vie de façon violente en moins de quarante-huit heures. Le commissaire Gérard Lefebvre et le médecin légiste Michel Bertrand entraient dans la pièce, accompagnés de représentants de la Brigade criminelle, de la Brigade des stupéfiants et de la Brigade de recherche et d'intervention. Quelques instants plus tard, ils étaient rejoints par un membre de la Direction centrale des renseignements généraux, suivi de près par Christian Laforêt de la DST.

– La maison poulaga au grand complet, ne put s'empêcher d'ironiser comme à son habitude Lacombe.

– En effet, renchérit le commissaire. Lacombe, vous ne semblez pas si bien dire. Bon, les gars, je fais les présentations. Prenez des notes si vous voulez. De gauche à droite. En complet veston : Cédric Charles Manet de la BC ; à sa gauche, Alain Macron de la BS et André Joliet de la BRI. De la Direction centrale des renseignements généraux nous fait l'honneur de sa présence, Jean-Michel Poussin et, ici, Christian Laforêt que vous connaissez tous.

À l'énoncé de leur nom respectif, les homes inclinèrent la tête en guise de salutation.

– La raison pour laquelle nous sommes réunis a un rapport avec les quatre meurtres des quarante-huit dernières heures. Nous nageons en plein délire et pas mal de brouillard. Toutefois, nous sommes certains que ces meurtres marchent deux par deux. Nous avons donc Christiane Laroche, domiciliée rue Norvins, retrouvée tuée d'une balle dans la tête rue de Vaugirard contre les grilles du Luxembourg. Elle a été abattue autre part, mais pas à son appartement. Deuxième sacrifiée : Natalie Villemain a également reçu une balle dans la tempe. Son corps a été largué rue de Furstenberg alors qu'elle habite rue d'Assas. Elle non plus n'a pas été éliminée à l'endroit où on l'a retrouvée ni chez elle. Troisième : Sophie Delarbre, abandonnée dans la fontaine Saint-Sulpice sans papier. Une voisine a vu l'avis de recherche au journal de treize heures, elle travaille à Paris-Soir comme les deux premières victimes. Elle est venue faire une déposition spontanée.

Le logement de Sophie Delarbre était légèrement en désordre selon l'amie, mais ses papiers, ses clefs, son téléphone, son ordinateur étaient dans l'appartement. Cela et le fait que son corps était à quelques centaines de mètres de son domicile signifient que le vol n'était pas le mobile du meurtre. En revanche, celui Natalie Villemain a été soumis à une fouille rageuse. Quatrième victime, Claire Lemagne, tuée sur son lieu de travail et le corps laissé là bien en vue. Elle était architecte d'intérieur et exécutait la rénovation d'un appartement rue Auguste Comte.

Pourquoi j'ai fait venir nos collègues des brigades spéciales, est la question que vous devez vous poser. La réponse est simple. Les deux dernières victimes ont été camées. En outre, elles ont été éviscérées. Cela n'a rien à voir avec un projectile dans la tête, me direz-vous. Et vous aurez tort. Le trafic de drogue relève de la mafia et la mise à mort par balle ressemble bel et bien à une exécution. De plus, la troisième femme avait rencontré les deux premières, selon l'amie et voisine. Nous parlons ici de l'ordre des découvertes. Continuons. Apparemment, nous avons aussi affaire à un trafic d'armes peut-être dont les deux premières victimes auraient pris connaissance et il y aurait également un suicide, un homme, le député Weber, qui aurait de fait été assassiné. Ajoutez à cela que les deux premières ont été éliminées selon une manière chère à la mafia et que les deux dernières ont été droguées avant d'être tuées, puis éviscérées, nous avons tout lieu de réunir nos forces.

— En gros, nous aurions la pègre d'un côté et un cinglé de l'autre et les deux pourraient être liés, résuma Lemoine.

— Tout à fait, mais cela reste une supposition. Cédric Charles Manet nous aidera à profiler le taré et Alain Macron à découvrir où il se procure la drogue qui lui permet de neutraliser ses victimes.

— Vous pensez à un double trafic, demanda Lafarge.

— Ce n'est pas impossible.

– Mais, que vient faire notre dégénéré là-dedans ?

– Ça, c'est la grande question, Lafarge. Y a-t-il oui ou non un lien ? À nous de le découvrir. Cédric Charles, vous pouvez nous faire un topo ?

– Ce que nous connaissons du tueur est minime. Assez, cependant, pour savoir que ses victimes ont un rapport entre elles. Lequel ? C'est encore trop tôt pour le dire. Il s'en prend aux femmes. Jeunes, belles. Il les étripe. Deux cas, c'est trop peu pour en faire un profil précis. Il nous manque la grande donnée à connotation érotique. Pourquoi l'éviscération ? Personnellement, je ne serais pas étonné qu'il s'agisse de sa part d'une tentative de dissimuler ses rapports sexuels avec elles. Ce n'est, pour l'instant, qu'une probabilité.

– N'est-ce pas un peu radical pour effacer des traces de sperme éventuelles ? intervint Lemoine.

– Oui, très certainement. Et cela, si c'est le

cas, nous en dit long sur le tueur. Nous recherchons un homme qui ne recule devant rien. Il est prêt à tout. Un être frustré par sa place dans la société qui ne voudrait prendre aucun risque de perpétrer la vie de peur de reproduire la sienne. Il a probablement l'air tout à fait normal, pas du tout un fou furieux. Pas de surprise s'il a tué sa première victime (du moins que nous connaissons) chez elle, pour la transporter ensuite à la fontaine Saint-Sulpice ! Elle devait être habillée et il l'aura soutenue comme une jeune femme un peu ivre. Ou bien il l'aura portée dans ses bras en lui parlant. S'il a croisé quelqu'un, cette personne aura pensé qu'il s'agissait d'un couple d'amoureux. N'oubliez pas qu'il a rhabillé sa victime. Sans les dessous, c'est vrai, mais qui aurait pu le voir ?

La deuxième femme, il l'a tuée sur son lieu de travail. Aussi une forme d'intimité. Petite variante, les bougies. Mais, le concierge nous a dit qu'elle les avait apportées la veille. Il s'en est servi, c'est tout. Je suis curieux de

voir comment il va traiter sa troisième victime ?

– Troisième ? sursauta Ghislaine Demonge.

– Eh oui. Il y en aura forcément au moins
une troisième. S'il ne veut pas procréer, mais
tout de même prendre du plaisir, du moins répondre à un besoin impératif, il est obligé de
les tuer après l'acte pour les éviscérer. Je suis
persuadé qu'il planifie très minutieusement et
que ses appétits sont immenses. Deux femmes
en deux jours, ce n'est pas normal. Il ne s'agit
pas d'un serial killer ordinaire. C'est un exé-
cuteur et il se sent investi d'une mission pré-
parée depuis un bon moment.

– Devons-nous nous attendre à un meurtre
demain ?

– Cela ne me surprendrait pas outre mesure
si c'était le cas. »

La réponse eut pour effet de plomber
l'ambiance déjà pas très folichonne de la salle. D'autant plus qu'il ajouta :

– Et nous n'avons aucun moyen de savoir

où il va frapper, la connexion entre les victimes pouvant très bien être lui-même. Il peut les connaître sans qu'elles aient un lien quelconque entre elles. »

Alain Macron fit un topo de la situation du circuit des stupéfiants et des drogues, situation dont tous n'étaient que trop bien informés. La nouveauté résidait dans l'utilisation de narcotique analgésique. Ils étaient au courant pour le GHB et le Rohypnol et autres substances favorites des violeurs, mais ils n'avaient encore jamais eu affaire à un individu qui administrait de la Kétamine comme stupéfiant.

Ce fut au tour de Michel Bertrand de faire son exposé.

– Je vais être très bref. La façon dont les quatre victimes ont été assassinées diffère, comme vous le savez déjà. Toutefois, en ce qui concerne la troisième et la quatrième la drogue injectée, la Kétamine, l'est à mesure vétérinaire conçue pour endormir le gros gibier. Je suspecte notre individu d'avoir des connaissances en la matière, car les dosages pour un sanglier, un éléphant, un tigre, un hamster ou un humain sont autrement varia-bles comme vous vous en doutez. Surtout pour être certain de ne pas administrer une dose mortelle. Il faut un savoir précis pour le faire en deux fois comme il le fait. Ce qui confirme l'impression qu'il fait subir un trai-tement aux jeunes femmes et j'opterais pour des sévices. Nous avons à faire à un homme (j'emploie le masculin à dessein) qui a suivi un cursus médical ou vétérinaire ou les deux.

40. Pascal à la conférence

Pascal était saisi par ce qu'il venait d'entendre. Par hasard, il était entré dans la salle des conférences. La vue de Marina, si douce, si expressive, le subjuguait totalement. Il resta jusqu'à la fin de la présentation. Elle le touchait au plus profond de lui sans qu'il pût s'expliquer le pourquoi ni le comment. Il s'avança vers elle, il voulait lui adresser la parole. Il devait absolument lui parler. Ils se regardèrent. Aucun mot n'était vraiment nécessaire. Ils marchèrent ensemble dans la direction du bar. Seul endroit possible. Pascal soutint légèrement le coude de la jeune fille.

_ Ce que vous avez dit m'a impressionné. Jamais je ne suis allé en Russie. De savoir que vous vivez cela journellement me touche profondément.

_ Oui, c'est vrai. Ce sont des histoires véritables que je viens de présenter. Bien sûr, ma vie personnelle est légèrement différente puisque j'ai la possibilité d'être ici pour en parler, mais je suis confrontée quotidiennement à des circonstances similaires.

_ Ce doit être un changement inouï pour vous de séjourner en Europe occidentale.

_ Oui, très certainement.

_ Elle dure plusieurs jours cette conférence ?

_ Malheureusement non. Elle se termine presque.

_ Quel est votre emploi du temps pour le reste de la soirée ? Avez-vous encore beaucoup d'obligations prévues ?

_ Pour aujourd'hui, je suis prête. Demain, je devrais donner des interviews aux personnes intéressées par ma présentation, et lundi à midi trente, je reprends l'avion pour Moscou.

_ Je peux me permettre de vous inviter au restaurant pour ce soir ?

_ Bien volontiers. Je serai très heureuse d'être en votre compagnie.

_ À sept heures ici ? Cela vous convient-il ?

_ Tout à fait si vous avez encore du travail à faire…

_ Que voulez-vous dire ?

_ Et bien… vous savez, il est déjà six heures et demie. »

Ils s'esclaffèrent tous les deux.

_ Alors on peut dire que le temps passe très vite.

_ Oui, la conférence a duré très longtemps. »
Une jeune femme se rapprochait d'eux.

_ Serait-il possible d'avoir une interview avec vous ? Je suis Linneke van Straten, j'écris pour *Femina*. Votre discours m'a énormément bouleversée.

_ Bien entendu, je serai à votre disposition demain matin ou dans l'après-midi. Comme vous le souhaitez.

_ À quelle heure ?

_ Pour cela, vous devrez vous adresser au bureau, tous les rendez-vous avec les médias sont réglés centralement.

_ Ah ! Je vois. Et maintenant, cela est-il possible ?

_ Ce serait avec grand plaisir, mais je viens d'apprendre que je suis prise pour la soirée. »

Pascal était légitimement flatté que Marina le préfère à la journaliste. Il ignorait qu'elle avait les entretiens avec la presse en horreur et qu'elle traitait tout le monde de la même manière. Premier arrivé, premier servi. Quant à Linneke van Straten, elle était peu habituée à voir ses propositions reçues avec tant de froideur. Marina enchaîna gracieusement.

_ Vous savez, je serais plus qu'heureuse de passer un moment avec vous, mais c'est ma première conférence, et, on nous a bien fait la leçon. Tous les contacts avec la presse doivent se faire par l'organisation centrale.

_ Ne vous inquiétez pas. Je le comprends très bien. J'espérais simplement pouvoir vous poser quelques petites questions, comme ça à chaud, tout de suite. »

Tout à coup, Pascal fit le grand seigneur, il pensait aider Marina dans sa carrière, car il la crut entre deux feux.

_ Puis-je vous offrir quelque chose ? »

Marina le gratifia d'un coup d'œil surpris. Elle pensait qu'il voulait être avec elle. Mademoiselle van Straten ne se laissa pas prier.

_ Bien volontiers. Donnez-moi un scotch. »

Elle ajouta à l'intention de Marina qui pouvait difficilement éviter de répondre sans paraître mal élevée.

_ C'est votre première visite à Amsterdam ?

_ Oui. J'y suis pour la conférence.

_ Quelles sont vos impressions ?

_ C'est une ville accueillante, propre, jeune, qui pourrait servir de modèle pour la plupart de nos villes de Russie.

_ Comment cela ?

_ Avez-vous déjà séjourné en Russie ?

_ Non.

_ Dans ce cas, vous devez absolument venir. Je me ferais un plaisir de vous montrer Moscou. Vous comprendrez la chance que vous avez de vivre dans votre ville.

_ À ce point ?

_ Oui. Tenez, voici ma carte. En attendant, je vous prie de m'excuser, je dois aller me rafraîchir. »

Marina tendit un carré blanc aux caractères

rouges, s'éclipsa, laissant Pascal et Linneke face à face. Elle sortit du bar. Le temps de voir la journaliste mettre le petit carton dans son sac, serrer la main de Pascal. Satisfaite, elle monta quatre à quatre les escaliers du premier étage, trop impatiente pour attendre l'ascenseur.

41. Marcelle en Provence

Dans le taxi serpentant sur la route en lacets, Marcelle se félicitait de la chance qu'elle avait de pouvoir chaque été échapper à Paris, de passer une partie de la saison chez ses amis. Cette année, elle avait changé l'ordre de son congé et accepté l'invitation de Jeanine de venir en Provence.

Elle était émerveillée par le ciel pur. Le soleil brillait avec une force sans pareille en cette matinée de mai. Son amie était partie de la capitale depuis déjà plusieurs jours ; elle allait la retrouver bronzée, cela ne faisait pas l'ombre d'un doute.

_ Vous voyez cette villa à flanc de coteau ?

_ Laquelle, la rose ?

_ Oui. C'est là que je vous emmène.

_ Nous sommes presque arrivés ?

_ Ne vous y trompez pas. C'est plus loin qu'on dirait ; il faut faire le tour par les gorges. Avant le col, il n'y a pas de pont.

_ Il y a une rivière.

_ Un beau torrent, Madame, et l'hiver il charrie des troncs entiers.

_ C'est si sauvage que cela ?

_ Comptez-y. Et à cette saison, tous les Parisiens et ceux des villes sont partis. C'est très rare qu'ils restent. Quelquefois à Noël, et encore !

_ Mes amis viennent uniquement l'été.

_ C'est votre première fois ?

_ Oui. Pour moi, c'est sublime !

_ Regardez. Nous voici arrivés au passage. Maintenant, vous allez voir le versant où nous roulions jusqu'à présent.

_ Tout de même, un seul pont pour toute cette distance !

_ Ah, c'est clair que vous venez de Paris. Sur la Seine, vous en avez un tous les cinquante mètres. Mais ici, il y a peu de circulation, alors il nous suffit bien. Si nous allons à pied, nous passons au gué, sur les roches. Même à cheval, nous traversons où nous voulons.

_ À cheval, à cheval ! Vous me voyez à cheval ?

_ Bien sûr. Mon père lui est unijambiste. Cela ne l'empêche aucunement de se rendre à la foire à cheval.

_ Comment fait-il ?

_ Il emporte ses béquilles, voilà tout.

_ Peut-être que si j'avais appris à monter… mais je crois qu'il est un peu tard pour moi.

_ Là, je ne dis pas. Remarquez que vous pourriez avoir une petite carriole.

_ Avec les cahots, difficile non ?

_ Pas du tout ! Vous vous mettez plein de coussins partout.

_ Vous me trouvez si mauvaise cliente que vous voulez vous débarrasser de moi ! »

Ils éclatèrent de rire tous les deux.

_ Au contraire. J'essaie de penser à une manière de vous laisser aller seule vous promener au gré de votre fantaisie.

_ Je n'ai jamais conduit une voiture à cheval.

_ C'est facile. Bien entendu, mon fils viendra vous l'atteler. Je vous donnerai la Brunette.

_ Vous parlez comme si c'était déjà fait !

_ Tout à fait. Il y a une petite berline à capote et, vous savez, la Brunette connaît bien toutes les routes faciles sans cahots. C'est mon oncle qui lui taille les sabots. Elle n'a pas de fer, alors vous voyez. Les chevaux sont souvent encore plus intelligents qu'on le pense. Mon père dit toujours : "Si vous voulez faire une bonne promenade, mettez les coussins dans la berline avec un panier de victuailles, attelez la Brunette, et fouette cocher." C'est vrai, laissez-lui les rênes sur le dos dès que vous avez crié Hue ! Par grande chaleur, elle vous conduit à l'ombre par l'oliveraie, quand il fait froid elle vous mène sous le soleil, et tout le temps sans secousse, elle ne prend que les chemins bien égalisés qu'elle connaît par cœur, à cause de ses sabots.

_ Vous me tentez.

_ Mais, j'espère bien ! Si vous venez chez nous, je veux que vous soyez heureuse. Et voilà, nous sommes arrivés.

_ Déjà ? On bavarde…

–… et le temps passe ! »

Le chauffeur klaxonna pour annoncer Marcelle. Les gardiens sortirent les premiers sur le pas de leur pavillon à la grille ouverte.

_ De la visite Lucien, les patrons sont là ?

_ Eux non, mais la famille.

_ Pour toi, c'est du pareil au même. Ce sont des chefs.

_ T'as raison, mais tu demandais "les patrons".

_ C'est vrai. Restons tranquilles, ou nous allons effrayer notre Parisienne. »

Il en fallait peu pour déclencher les rires sous le soleil. Dans la bonne humeur générale, la voiture gravit l'allée menant au corps de logis principal. Jeanine apparue sur la terrasse, vint au-devant du véhicule.

_ Merci Antoine. Laissez Marcelle ici, et si vous le voulez, déposez les bagages à l'office.

_ Avec plaisir. »

Les deux amies s'embrassèrent.

_ As-tu fait bon voyage ?

_ Excellent. C'est tellement confortable de nos jours.

_ Je suis ravie de t'avoir enfin.

_ Moi aussi je suis plus que contente de venir vers toi. Comment va Bernard ?

_ Bien, mais il a un sérieux mal de tête ce matin.

_ Le raout d'hier au soir ?

_ Ne m'en parle pas.

_ Vous avez tant consommé que cela ?

_ La boisson ? Non, nous y avons à peine touché.

_ Alors ?

_ Je vais t'installer, je te raconterai cela.

_ À ce point ?

_ Plutôt. Regarde le panorama qui va être le nôtre pendant ce mois.

_ Ah, dis donc. J'en ai le souffle coupé !

_ C'est beau hein ? Assieds-toi deux minutes. Juste le temps qu'ils déchargent tes valises. Tu sais ici, tout se fait tranquillement.

_ C'est le mont Ventoux n'est-ce pas ?

_ Oui.

_ Cela me fait un drôle d'effet. Je l'ai vu à la

télé.

_ De la fenêtre… C'est autre chose !

_ De penser au Tour de France et aux coureurs cyclistes qui l'escaladent…

_ Et, qui le redescendent.

_ Et alors là-bas, c'est l'Italie ?

_ Je crois bien !

_ C'est merveilleux.

_ Tu sais, je t'ai mise au rez-de-chaussée, cela va de soi, avec vue sur la piscine et le mont Ventoux par l'autre fenêtre.

_ C'est vrai ?

_ Oui. Tu pourras le regarder de ton lit.

_ C'est possible de laisser les volets ouverts ?

_ La nuit, bien sûr, mais la journée, nous fermons toutes les persiennes à cause de la chaleur.

_ Je me sens revivre !

_ Viens. Je te montre ta chambre. Ils ont dû y déposer tes affaires. »

À pas comptés, elles traversaient la terrasse et pénétraient par la baie vitrée, dans la pièce protégée des rayons brûlants, par l'ombrage d'un grand platane.

_ Quelles teintes magnifiques !

_ J'ai pensé que cette chambre te plairait.

_ Quel lit immense !

_ C'est pour mieux t'allonger mon enfant ! »
prononça Janine d'une grosse voix grave qui
déclencha des éclats de rire.

Marcelle s'étendit sur le couvre-pied de satin rose brodé d'or et Jeanine ouvrit toutes
grandes les persiennes des portes-fenêtres.

_ Tu vois ?

_ Incroyable !

_ Je referme, autrement tu étoufferais. La chaleur monte vite ici. Pour l'instant, il fait encore frais, mais dans deux heures… ce sera la
fournaise, on calfeutre partout.

_ Je comprends.

_ Je te fais couler un bain, reste allongée.

_ Un bain ?

_ Mais, oui. La baignoire est enterrée dans le
sol, avec des marches pour descendre dans
l'eau. Regarde. »

Jeanine fit coulisser une paroi en appuyant

sur un bouton. Une salle de bains royale en marbre blanc s'offrait à la vue. Un escalier s'enfonçait dans les profondeurs d'un bassin où l'eau murmurait un froufrou reposant. Sur la droite, une douche jaillissait du mur et du plafond. Sur la gauche, une porte conduisait à une paire de lavabos roses aux robinets dorés. Des miroirs couraient le long de la faïence. Dans le coin le plus éloigné, entre des plantes vertes, un sofa et des fauteuils de cuir blanc disposés de guingois aménageaient une aire de repos. La scène était inondée par la lumière naturelle dispensée par les vitres dépolies du plafond.

_ La baignoire est pleine ?

_ Il faut chauffer plus ou moins à l'aide du thermostat. C'est comme une piscine, l'eau est constamment renouvelée.

_ C'est pour moi ?

_ Pour toi seule. Nous avons chacun la nôtre. Une salle de bains pour chaque chambre.

_ C'est d'un luxe inouï !

_ En revanche, notre salle de gym est commune.

_ J'aperçois aussi la piscine.

_ C'est la plus grande du coin. Du moins, la plus longue.

_ Quelle chance !

_ Ma sœur est chouette de nous prêter sa maison.

_ On peut s'assoir à trois ou quatre dans cette baignoire !

_ En fait, c'est un jacuzzi comme on dit de nos jours. Tu vois, il y a tout ce qu'il te faut. Je t'avais bien prévenue qu'il est inutile d'apporter des affaires de toilette.

_ Je vois ! »

Jeanine venait d'ouvrir les placards qui regorgeaient de serviettes, de draps de bain et de peignoirs somptueux.

_ Ne t'affole pas si tu ne retrouves pas tes accessoires où tu les auras abandonnés. Le linge est changé tous les jours.

_ C'est comme un hôtel.

_ Encore mieux. Ma sœur y tient.

_ Elle vient régulièrement ?

_ Assez souvent. Mais, pour un séjour de courte durée. L'été presque jamais.

_ Et cette porte ?

_ Devine.

_ Ah, je comprends.

_ Et par celle-ci tu vas au sauna.

_ Un sauna ?

_ Il y en a deux. Un finlandais et un turc. C'est possible de plonger directement dans la piscine ou d'utiliser le bain froid.

_ Franchement, tu m'épates avec tout ça. Moi, tu sais bien qu'à part en cure, je ne suis jamais allée dans un sauna.

_ Tu la feras ici cette année, une kiné vient à domicile.

_ Tu rigoles ?

_ Non, je t'assure. La visagiste, la manucure, la pédicure, la masseuse, la coiffeuse, enfin tous, même une diététicienne, alors tu penses !

_ Je ne voudrais pas exagérer.

_ Aucune importance, le prix est le même. C'est un service que les propriétaires des villas alentour ont installé. Il faut prendre ren-dez-vous. C'est tout. Si cela te plait, tu télé-phones pour demain. Si elles ne sont pas sur-chargées, elles viennent le jour même, à condition de s'y prendre de bonne heure.

_ Aujourd'hui, je suis trop fatiguée.

_ Bien sûr, c'est façon de parler. J'espère d'ailleurs vraiment que tu vas en profiter. C'est pour te redonner du tonus que je t'ai fait venir ici.

_ Tu me traites comme une reine.

_ Ce n'est pas avec Bernard que je pourrais faire tout cela. Tu sais, lui mis à part lire sur le rebord de la piscine, et encore !

_ Tu es certaine que je peux descendre ces marches ? »

Marcelle entre-temps s'était déshabillée, elle voulait se détendre un peu dans cette bai-gnoire inconnue.

_ Elles font dix centimètres de hauteur, et el-les sont bien visibles.

_ Mais, au bout ?

_ Attends, je te montre. »

Jeanine se défit de ses vêtements en un tour de main et précéda son amie.

_ Ici, tu as un banc, là, tu en as un autre. Chaque fois la couleur est différente.

_ C'est pratique.

_ La hauteur des marches reste la même.

_ Je m'assieds pour voir.

_ Voilà, l'eau t'arrive à la taille.

_ Je me trouve comme dans une coquille.

_ En appuyant sur ce bouton-là, tes reins sont bouchonnés. Essaie. »

Marcelle sentit une vibration autour de son ventre.

_ Ça chatouille un peu.

_ Avec le deuxième, tu règles la force du jet.

_ C'est un massage hydraulique.

_ Exactement. »

Jeanine s'était assise sur une autre marche, Marcelle la rejoignit.

_ Tu vois, dans cet endroit, aucun danger non plus.

_ C'est vrai.

– Si tu le désires, tu peux prendre ta douche

là-bas. D'ailleurs Maria ou l'esthéticienne, ou quelqu'un peut rester avec toi et t'assister pendant ton bain. Tu n'es pas obligée d'être seule, si je suis absente.

_ Tu me gâtes vraiment.

_ Avec plaisir.

_ Maintenant que nous sommes tranquilles, raconte-moi ton raout.

_ Tu ne vas pas me croire, mais lorsque nous sommes rentrés hier au soir, il nous était totalement impossible à Bernard et à moi de comprendre le pourquoi d'une réunion semblable.

_ Pourquoi ?

_ Figure-toi que c'était chez le Hollandais, comme je te l'ai dit au téléphone. Il a fait tuer un mouton sur place, ils l'ont mis dans un bidon à lait avec des pierres chauffées à blanc, de l'eau, et ils ont attendu.

_ Mais quoi ? Quelle horreur !

_ Qu'il soit cuit !

_ Avec la peau et tout ?

_ Non, ils l'ont tout d'abord vidé. Ils lui ont tranché la tête ; ils l'ont dépecé en quartiers.

_ Comme ça ?

_ Comme je te le raconte.

_ Devant tout le monde ?

_ En effet, sur la terrasse.

_ Mais, pour quelle raison ?

_ J'ignore. Il a annoncé que c'était la recette mongole.

_ La manière mongole ?

_ Ce sont ses paroles.

_ Et Magalie qui est là-bas !

_ Où en Mongolie ?

_ Exactement à Karakorum.

_ C'est ce nom-là qu'il a dit. Karakorum, l'ancienne ville en ruines de Mongolie.

_ Tu en es sûre ?

_ Oui, c'était avant une belle cité. Il a dû y avoir un tremblement de terre, ou une éruption comme à Pompéi.

_ Il y a des volcans ? Magalie ne me l'a pas dit dans sa lettre.

_ Elle ne le savait peut-être pas.

_ Elle pensait y rencontrer une culture nouvelle.

_ Elle va être servie ! Du méchoui dans des bidons à lait.

_ Tu en as mangé ?

_ Oui. La meilleure, c'est que nous étions assis sur des troncs d'arbres et nous avions pour tout couvert un couteau de chasse.

_ C'est tout ?

_ C'est tout. Tu parles ! À part l'apéritif qui était civilisé, nous n'avons plus rien bu.

_ Il n'y avait rien ?

_ Seulement du thé à la fin du repas. Je n'ai pas osé y goûter. Il paraît qu'il était salé.

_ Du thé salé ?

_ Avec du lait.

_ Tu es sûre ?

_ Je te le dis. En plus, il mettait un gros bout de beurre qui nageait et fondait dans la tasse.

_ Ton Hollandais, il en a rajouté. Je ne peux pas croire que des gens normaux fassent cela.

_ C'est bien pour cela que je t'en parle puisque Magalie y est allée.

_ Excuse ! Elle y est encore. Elle vient juste

de partir.

_ Elle n'est pas revenue ?

_ Mais non ! C'est elle qui le veut, et puis il y a des villes là-bas. Alors tu penses bien que l'histoire de ton Hollandais… il a dû exagérer un peu.

_ Peut-être, mais c'était dégoûtant.

_ Tu en as mangé ?

_ La viande était bouillie, c'est dommage, tu ne trouves pas ? Un bel animal bien jeune, le faire cuire de cette façon.

_ Ils n'avaient pas mis de la menthe comme les Anglais au moins ?

_ Non, heureusement. Tiens à propos, il y avait deux Anglaises. Celles qui habitent de l'autre côté du versant. J'aime mieux te dire qu'elles étaient loin d'apprécier.

_ Je vois cela d'ici !

_ Tu te rends compte ! Elles avaient pris des vêtements de rechange pour quelques heures !

_ Tu sais, moi je trouve malheureux qu'il n'y

ait pas de Mongols.

_ Tu as raison. Ce sont eux qui auraient fait une drôle de tête ! J'en suis persuadée.

_ Les Hollandais ! Il faut toujours qu'ils noircissent les autres.

_ Après tout, il a peut-être mal compris.

_ Ou ils lui avaient fait une farce.

_ Magalie nous le racontera.

_ Sortons. La première fois, il faut un peu limiter le temps que tu y passes. Repose-toi. Dans une heure, le déjeuner sera servi. Si tu désire un snack en attendant, ou une boisson, dis-le.

_ Je veux bien de l'eau minérale.

_ Dis-moi ce que tu bois habituellement, que je fasse remplir ton bar. »

Déjà, Jeanine appuyait sur un autre bouton. Un lambris coulissait, découvrant une étagère en miroir garnie de verres et de carafes.

_ C'est réfrigéré. Tu peux le laisser ouvert si tu veux, la partie inférieure fonctionne comme un frigo.

_ Je ne suis plus stupéfaite de toute cette perfection ! »

Jeanine s'enroula dans un drap de bain mé-
ritant son nom, laissant son amie se reposer.
Marcelle s'étendit, admirant le luxe qui
l'entourait. Elle se promit de profiter au
maximum de son séjour comme le lui recom-
mandait Jeanine.

42. Anneke rentre chez elle

Ayant passé la nuit chez son frère, Anneke se sentait pleine de courage pour affronter ses démons.

Après avoir fait tourner la clef dans la serrure et poussé la porte, Anneke franchit le seuil de l'appartement avec appréhension. La pièce de Roel était ouverte, le silence environnant lui disait qu'il était sorti. Elle respira à nouveau, elle espérait avoir plusieurs heures de répit. Elle pénétra dans sa chambre. Les chaises en désordre lui indiquaient qu'il avait utilisé le balcon en son absence. Elle devait mettre en pratique l'idée de son frère, fermer sa porte à clef lorsqu'elle partait. Cela lui paraissait tellement drastique. Pourtant, Roel restait sourd à ses injonctions de replacer ce qu'il empruntait. C'est tout ce qu'elle lui demandait, mais cela semblait trop pour lui. Il jouait les artistes totalement non concernés par les préoccupations de ce monde, tel l'ameublement des autres, la propreté de la cuisine commune, rendre l'argent emprunté. Tous ces sujets étaient traités par lui en quantité négligeable. En réfléchissant bien, pour lui, seuls sa volonté et ses désirs comptaient. Il était l'unique chose importante à ses yeux.

Dans cet appartement de deux pièces séparées avec cuisine, salle de bains et w.c. communs, c'était difficile de cohabiter si on avait des idées par trop divergentes. En outre, ils partageaient le même numéro de téléphone, mais seul son nom à lui était mentionné sur le répondeur automatique. Si elle avait enfin son propre appareil, c'était par ironie du sort, grâce à la dernière petite amie en date de Roel, qui ne pouvait pas supporter qu'elle fasse irruption dans la chambre si elle était en visite. Le manque d'intimité l'horripilait.

Anneke soupira. Sa relation avec Roel était construite sur un tas de malentendus, de compromis.

Après avoir posé ses sacs, s'être lavé les mains, elle fit bouillir de l'eau pour une tasse de thé. Elle fut envahie par un haut-le-cœur en pénétrant dans la cuisine. L'évier était rempli de vaisselle sale, la paillasse hébergeait un tas de détritus, des immondices qui attiraient les mouches vrombissant à cœur joie dans la pénombre. Elle se promit de ne pas nettoyer. Elle allait boire un thé, regarder la télé dans son coin en lisant son courrier.

Malgré elle, elle inspecta du coin de l'œil les restes, vit des reliques similaires sur deux assiettes et en déduisit que Roel avait partagé ses repas. Elle se haïssait de l'espionner. Mais, que faire ? Elle se refusait à admettre toutes ces petites amies, chacune d'elles se croyant la seule élue. Elle aurait aimé avoir le courage de leur crier « Mais vous ne voyez pas qu'il vous trompe ! » À chaque fois cependant, elle se taisait, se rendant ainsi complice des trahisons de Roel. Le voulait-elle encore ? Elle ne pouvait plus se leurrer : il l'utilisait, elle aussi. Elle avait rêvé d'une camaraderie, d'une amitié avec un autre homme que son frère, une fraternité supplémentaire en somme. Elle avait espéré trouver cette possibilité avec lui, elle le croyait stable, mais il n'était qu'un fantasme, un mégalomane, un mythomane, un menteur malsain, ne reculant devant aucun mensonge pour arriver à ses fins. Elle avait pris pour de l'intelligence ce qui n'était que veulerie, révélée par le suicide de Mira, lui dévoilant alors sa faiblesse. Elle avait eut jusqu'à présent une certaine admiration pour lui, la manière qu'il avait de toujours faire travailler les autres pour son propre compte, d'arriver à les enrôler dans ses projets, en fait, de les manipuler. La mort soudaine de Mira, et la réaction de Roel à l'événement lui avaient ouvert les yeux. Il se rengorgeait d'être son seul ami, mais refusait tout soupçon de responsabilité. Il devait pourtant bien avoir une certaine part dans les états d'âme de cette fille paraissant si forte avant de l'avoir rencontré. Elle s'était jetée du dixième étage. Il avait traité la chose avec tant de légèreté ! Elle en avait été choquée au plus profond d'elle-même. La petite lueur de jubilation au fond de ses yeux en lui annonçant la nouvelle ne lui avait pas échappée. Elle le connaissait trop bien. Avec horreur, elle en avait compris la signification. Elle devait l'admettre : depuis lors, elle avait peur de lui. L'eau bouillait. Elle emplit la théière et se retrancha dans sa chambre, la porte fermée comme elle l'avait trouvée, avec son courrier.

43. Conférence de presse à l'Élysée

Le président venait d'entrer dans la salle. Il traversait l'espace qui le séparait des micros installés sous les lustres de cristal. Le chef de cabinet et le secrétaire d'État l'accompagnaient. Le Premier ministre était assis au premier rang avec tout le conseil. Le président se campa devant l'assemblée des journalistes et, sans regarder personne en particulier, il prit la parole :

– Dans les circonstances actuelles et le décès tragique du député Weber, je propose une minute de silence pour honorer sa mémoire. »

On pouvait voir sur le visage de plusieurs représentants de rédaction une sorte de surprise cachée ou d'incompréhension nettement affichée.

– Le député Weber était mort depuis plus d'une semaine quand il a donné sa conférence, dit Manuel Lacombe au courant des aléas politiques pour lesquels il se passionnait.

– Ben, je trouve cela bizarre. Tu le vois bien aussi sur le visage des gens. Je me demande qui a filmé ça. La version officielle montre toujours seulement le président, répondit Ghislaine Demonge.

Ils suivirent le reste de la conférence qui était tout ce que l'on peut attendre. Vint le tour des questions. Elles avaient trait au chômage annoncé en baisse, et à la mission dont le président avait dit être investi. Rien de nouveau. La caméra fit un traveling sur une femme.

– C'est Natalie Villemain, remarqua Ghislaine.

– Oui. Chut, écoute. »

L'image zooma alors sur le député Laroche à côté du ministre des Transports pendant que la journaliste posait sa question.

– Natalie Villemain, *Paris-Soir*. Monsieur le président, monsieur le premier ministre, mesdames et messieurs les ministres et députés présents. J'ai été légèrement surprise de la minute de silence en l'honneur du député Weber retrouvé en forêt de Châteauroux le mois dernier. Dois-je rappeler qu'il s'agissait d'une découverte macabre, le corps ayant la gorge et les deux poignets tranchés, la police penchait plutôt pour un homicide. Pouvez-vous nous dire, monsieur le président, pour quelles raisons l'enquête privilégie maintenant la thèse du suicide ? »

Un silence chargé suivit la question de Natalie Villemain.

– Ben, dis donc. Elle ose elle, lança Lacombe.

– Oui, c'est peut-être même cela qui lui a coûté la vie.

– Tu crois ?

– Peut-être… »

Le président reprenait la parole.

– Mademoiselle Villemain, cette conférence n'est ni le lieu ni le moment pour commenter le cours d'une enquête policière.

– Pardonnez-moi, monsieur le président, d'insister, mais comme nous avons évoqué cette affaire en commettant une minute de silence, je pensais, mal à propos apparemment, qu'une question à ce sujet faisait partie des possibles. La découverte d'un cutter et de la voiture du député à proximité justifie-t-elle ce changement dans la direction de l'enquête selon vous ?

— Mademoiselle Villemain, malgré toute la pertinence de votre remarque, je ne suis nullement habilité à y répondre. » Le chef de cabinet intervenait alors en désignant un journaliste pour une question qui portait sur le manque d'emplois.

— Attends ! N'éteins pas. Ce n'est pas fini. » Lacombe retira sa main de la touche. Après la question sur le chômage, la parole était donnée à une autre femme.

— Christiane Laroche, souffla Ghislaine.

Après la formule d'usage, elle entrait dans le vif de son sujet.

— Monsieur le président, vous venez à l'instant de déclarer que la remarque de Natalie Villemain était pertinente, mais que vous n'étiez pas habilité à discuter des directions prises par des enquêtes de police. Pourriez-vous dans ce cas, laisser la parole au ministre de la Justice qui lui est certainement, en tant que chef des forces de l'ordre, habilité à commenter les affaires judiciaires en cours lorsque celles-ci sont officiellement termi-nées. »

Les journalistes présents sentaient le papier à venir. Ils se regardaient plus ou moins à la dérobée les uns les autres, mais aucun d'eux ne voulait se lancer dans la mêlée, craignant trop de perdre leur affiliation à l'Élysée. Est-ce que Laroche et Villemain avaient soulevé un lièvre ou jouaient-elles à un sport connu d'elles seules ?

Le président passait la parole à son chef de cabinet et se retirait sans avoir répondu.

– Mesdames et messieurs, la conférence est terminée. »

S'ensuivait un brouhaha de chaises et de murmures confus. Laroche avançait vers le ministre de la Justice, mais on voyait celui-ci s'esquiver par une porte latérale.

La vidéo était finie.

44. Pascal et Marina

Devant son verre, Pascal maudissait cette soi-disant journaliste qui avait dérangé le moment magique entre lui et Marina. Il les connaissait ces militantes qui s'appropriaient n'importe qui en leur promettant un papier. Elles imitaient les hommes et, de ce fait, se croyaient énormément efficaces. Probablement qu'elles ne lisaient jamais les journaux, autrement elles se rendraient compte qu'il y avait assez de reporters pour solliciter une femme comme Marina. Il continuait de fulminer intérieurement, il devenait incertain de la suite. Est-ce qu'elle allait redescendre le rejoindre ? L'avait-il bien comprise ? Il faisait tourner les glaçons dans le fond de son verre, inconscient des gens autour de lui.

Lorsqu'enfin elle passa la porte et entra dans le bar, ses doutes se dissipèrent comme par enchantement, il se leva à son approche.

_ Vous êtes ravissante.

_ Merci. C'est gentil à vous de me faire ce

compliment.

_ C'est du fond du cœur.

_ Vous voulez rester ici ou bien aller autre part ?

_ Sortons. »

Il lui accapara le bras et la pilota vers la sortie. Entre-temps, il réfléchissait rapidement, il ignorait tout d'Amsterdam. Il était hors de question de l'emmener dans un des endroits où il était allé la veille. Il fallait que tout soit nouveau, tout neuf. La vie commençait avec elle.

_ Si nous nous promenions un peu ?

_ Si vous voulez. Après toute cette journée passée dans la salle, je serai contente de prendre l'air.

_ Votre conférence a bien marché.

_ Vous avez tout entendu ?

_ Presque. »

Pascal mentit juste un tout petit peu, mais c'était par inadvertance. Il était entré dans la salle alors que Marina avait la parole, et c'était elle qui l'avait conquis.

_ Vous êtes souvent venue à Amsterdam ?

_ Non, mais j'adore.

_ Je crois qu'il y a un bateau-mouche sur lequel on peut dîner. Cela vous tente ?

_ Oh oui ! Cela me paraît merveilleux. Nous avons aussi cela en Russie, mais je n'y suis jamais allée moi-même. Seuls des amis m'en ont parlé.

_ Alors, allons-y. C'est du côté de la gare. D'ailleurs ici, on est toujours sûr de rencontrer un canal. »

Bien qu'ils se fussent effectivement dirigés du côté opposé à la station de chemin de fer, ils avaient à peine marché cinq minutes, qu'une péniche à l'amarre laissait admirer ses tables damassées illuminées aux chandelles.

_ Ce doit être cela. »

La nuit se pressait contre la vitre. Le bateau activa ses moteurs, rugit doucement et trembla. Installés à une table, ils glissaient sur le canal sombre. Quelques couples étaient leurs compagnons de féérie. Vue de l'eau le soir, la ville enchantait. Comme ils étaient loin de la circulation, des gaz carboniques, des rumeurs et des cris ! Le guide avait le bon ton de réduire ses explications à un strict minimum, à peine de quoi justifier son salaire, mais il savait que les couples présents, envoutés par le son de la voix de leur partenaire, n'avaient que faire de la sienne.

Pascal et Marina n'étaient que très légèrement conscients des mets qui leur étaient présentés tant leur joie était intense. Ils parlaient peu. Pourtant ils avaient tellement à se dire, un regard suffisait pour transmettre des millions de mots. Au dessert enfin, ils engagèrent une conversation à bâtons rompus.

_ Vous devrez visiter Moscou. Cela vous plaira.

_ J'y compte bien. Et j'espère aussi que vous viendrez à Paris.

_ De Paris, j'en rêve.

_ Alors, venez y habiter.

_ Pour nous, c'est difficile.

_ Plus maintenant puisque vous me connaissez.

_ Venez tout d'abord à Moscou.

_ D'accord, la semaine prochaine.

_ Vous plaisantez !

_ Oui. Je veux dire le plus rapidement possible.

_ C'est seulement si Moscou vous plaît que je pourrai habiter Paris.

_ J'ai souvent imaginé vivre à Moscou.

_ C'est vrai ?

_ C'est la vérité. En lisant vos grands poètes, l'envie m'en est venue.

_ Faites-le !

_ Absolument. Et aussi à Saint Petersbourg.

_ C'est facile à arranger.

_ Je veux connaître à tout prix la Sibérie.

_ Ah ! Notre Sibérie est immense. De Moscou à Vladivostok, c'est une semaine. Le Transsibérien, on l'appelle Le Rouge.

_ Faisons-le pour notre voyage de noces.

_ Notre quoi ?

_ Épousez-moi Marina. C'est une femme comme vous qu'il me faut.

_ Comme moi ne veut pas dire que c'est moi.

_ Je m'exprime mal. Je vous aime, je le sais.

_ Vous les Français, vous êtes incorrigibles.

_ Je suis sérieux. Acceptez.

_ Puis-je réfléchir deux jours ?

_ Demain matin, vous le saurez.

_ Qu'est-ce qui vous fait prononcer ces mots ?

_ Faites-moi confiance. Vous êtes celle que je cherchais. »

Il n'était pas étonné des paroles qu'il proférait. Il savait qu'il venait de rencontrer la femme de sa vie. Si on le lui avait dit la veille, il aurait éclaté de rire au nez de celui qui lui aurait annoncé pareille nouvelle. Il avait débité sans sourciller sa demande en mariage comme cela de but en blanc au dessert, à une femme qu'il connaissait juste le temps d'un repas. Une certitude l'envahissait. Il repartirait d'Amsterdam fiancé, avec la perspective d'aller le mois prochain à Moscou.

_ Oui.

_ Répétez. »

Elle l'avait prononcé si doucement avec une tendresse voilée, il en était sûr. Il le lui fit redire.

_ Oui. »

Ce n'était pas une illusion. Amsterdam la ville obscène du porno et de la drogue produi-sait encore des contes de fées. Il suffisait d'y croire.

_ Nous irons dans le Transsibérien.

_ Oui, et en Chine et en Mongolie.

_ À Oulan Bator.

_ Et à Karakorum. »

45. Au-dessus de la Méditerranée

Dans le Boeing qui le ramenait à Paris, le professeur Song regardait par le hublot circulaire les rares nuages défiler devant ses yeux, s'étirer comme des étoles dans l'immensité bleu pâle. La ligne d'horizon, mal définie par la gaze qui s'étiolait en écharpes fumeuses, permettait difficilement de dire où commençait la mer, où s'arrêtait le ciel. Lorsqu'il plongea son regard, juste à pic au-dessous de son siège, il vit ce qu'il crut être la crête des vagues avec le blanc de l'écume. Le mouvement incessant du roulis l'empêchait de fixer trop longtemps le même endroit, il lui donnait le vertige. C'était peut-être son imagination qui lui décrivait ce qu'il pensait voir, peut-être un mirage, *fata morgana* illusoire. Pourtant là-bas, à l'angle de l'aile de l'engin en biais, il aperçut un paquebot couronné de son panache de vapeur, mais en était-il vraiment sûr ? La voix de l'hôtesse le tira de sa rêverie.

_ Voulez-vous déjeuner, monsieur ?

_ Oui, s'il vous plaît. »

Il n'avait rien d'autre à faire, cela l'occuperait un moment. Il préférait suivre un rythme de vie normal, il n'en dormirait que mieux plus tard. Sur la petite table tirée à cet effet, la jeune femme posa devant lui, un plateau en plastique, garni de boîtes au couvercle transparent. Leur contenu, bien que méconnaissable, l'aguichait de leurs couleurs variées. La fourchette en acier chromé pesait dans sa main, et il bénit la compagnie aérienne d'avoir proscrit les couverts façon camping qu'il abhorrait. Il s'octroya un quart de Saint-Emilion, il reconnaissait enfin le plat, un bœuf Stroganoff garni de haricots verts nains et de pommes de terre aussi volumineuses que la dernière phalange de son petit doigt. Le hors-d'œuvre consistait en un pétale de crabe sur un ongle de laitue, reposant sur une rondelle de tomate à la compacité de feuille à cigarettes, voisinant avec une tranche de citron translucide. Le pain bis, gros comme une balle de golf, et le pion de Gouda enveloppé de papier cellophane rouge seraient l'apothéose du festin. D'après un rapide calcul mental, le tout, au goût très prononcé de rien du tout, lui procurait tout au plus, la somme de trois cents calories. Le cocktail de fruits, qu'il savait insipide, le déçut au-delà de ses craintes. Encore moins de saveur que les mets précédents. Il croyait cela impossible.

Il méditait sur sa discussion avec la chanteuse allemande. Il était demeuré très poli, très compétent en ce qui le concernait. Cette harpie s'était emparée du microphone, réfutant que l'on assistât à un congrès et non à une représentation de cirque. Elle s'oubliait complètement. Il lui répondit sans micro et resta très audible malgré tout, cela va de soi.

_ Mais, enfin comment a-t-on pu accepter qu'une telle manifestation soit admise à un congrès sérieux ?

_ Qu'entendez-vous par "telle manifestation",

madame ?

_ Ce numéro de cirque dont nous avons dû être témoins ?

_ Madame, si je vous comprends bien, permettez-moi de remarquer que la démonstration continue dans la mesure où vous êtes incapable de vous faire entendre dans la salle sans l'aide d'une prothèse acoustique, en l'occurrence un microphone, et de fait je m'enhardirai même à formuler la conclusion suivante. Étant donné que vous ne pouvez fonctionner sans prothèse, vous pouvez être considérée comme sérieusement handicapée, infirme.

_ Comment osez-vous émettre une telle allégation ?

_ Le plus facilement du monde et sans microphone, comme vous pouvez le voir et l'entendre.

_ C'est inacceptable !

_ Qu'est-ce qui est inadmissible, Madame ? Qu'enfin quelqu'un puisse démontrer la justesse de ses affirmations au vu et au su de l'assistance ?

_ De quel droit vous êtes-vous emparé de la parole ?

_ Là n'est vraiment pas la question, très chère, mais je puis vous répondre que premièrement je suis sorti premier prix de violon du Grand Conservatoire de Paris. J'ai joué en tant que soliste avec la plupart des orchestres symphoniques de renommée mondiale sous la baguette des plus grands chefs. Le Metropolitan avec Bernstein, l'Orchestre Symphonique de Paris sous Georges Prêtre, Concertgebouw avec Haïtink, Berliner Philarmonic sous Karajan. Des noms qui probablement vous sont familiers, qui prouvent le niveau de ma musicalité, ce qui, je vous l'assure dépasse le numéro de cirque, appellation qui à vos yeux dénonce une chose péjorative. Quant à mes études sur les harmoniques et le contrôle de celles-ci, comme le programme de la conférence l'indique, je suis maître de la Recherche du Centre Scientifique, Section de l'Ethnomusicologie au Musée de l'Homme de

Paris, que l'on peut également difficilement, avec sérieux, qualifier de cirque ambulant. »

La prima donna en avait perdu le souffle et la parole. L'événement, de toute évidence, avait dépassé son entendement.

_ Mais, monsieur, si les chanteurs d'opéra se lançaient dans des vocalises semblables, ils pourraient dire adieu à leur voix.

_ Chère madame, ce que vous venez d'affirmer, je n'ai aucunement l'intention de le réfuter, ce sujet sortant du domaine des compétences que je me suis, jusqu'à présent, assigné pour mes recherches, mais je crois qu'il serait intéressant d'y consacrer une étude sérieuse. Qui sait si ce qu'il en résulterait ne serait pas un bénéfice pour la science et l'humanité, sans parler du monde lyrique en particulier.

_ J'en doute profondément, mais rien ne vous empêche de vous lancer dans cette recherche si cela vous chante. »

Devant la mauvaise foi évidente de la dame, trahie par son ton aigre, tous les professeurs attendaient en retenant leur respiration la réponse de Song. D'une phrase, il aurait pu anéantir cette pimbêche ou bien rester gentleman. Il était connu pour sa patience jusqu'ici sans limites. En avait-elle franchi les bornes ? Il choisit la dernière option.

_ Madame, pour ce qui est de votre ultime affirmation, vous avez entièrement raison. Chacun de nous s'adonne aux recherches dans le domaine qui lui convient le mieux, cela en toute liberté. Pour ma part, je dois encore réfléchir à la spécialisation dans laquelle je m'aventurerai l'année prochaine. J'espère pouvoir vous faire part de mes résultats ainsi qu'à mes collègues ici présents. En attendant, je vous souhaite à tous une année fructueuse et je vous remercie de l'attention dont vous avez bien voulu me gratifier. »

Aucun doute n'avait été possible sur le sens des applaudissements qui avait clôturé la fin du débat. La dame se rendit à l'évidence et lui abandonna sa main. Song la pressa légèrement, se gardant bien de la baiser, il inclina imperceptiblement le front, d'un regard lui intima de descendre du podium. L'Allemande regagna sa place dans la salle. Si elle le voulait, elle pouvait se persuader que les bravos lui étaient destinés, mais tout un chacun, conscient de ce qui s'était passé, voyait en Song le héros. Il leva les bras, exigeant le silence.

_ Si vous avez d'autres questions, je suis à votre entière disposition. Vous trouverez le texte de ma conférence dans le prochain numéro de l'association, ainsi que mes coordonnées. N'hésitez pas à me contacter si vous le désirez. »

Une seconde fois le crépitement des bravos avait éclaté, remplissant l'auditorium d'un tumulte sympathique. Il avait rejoint son siège totalement satisfait de la tournure des événements.

Dans son fauteuil, au-dessus de l'océan, il revoyait avec plaisir la scène, et la même sensation de triomphe l'envahit. Ce fut alors à ce moment que son voisin jusqu'ici silencieux lui adressa la parole.

_ Je me demande toujours si c'est une illusion de ma part, mais je trouve ces repas tellement insipides ! Seul le vin a un goût familier pour moi.

_ Rassurez-vous, c'est vraiment cela.

_ Que mange-t-on aujourd'hui ?

_ Je crois qu'ils appellent cela du Bœuf Stroganoff.

_ Mon cher, j'admire votre imagination. Vous connaissez l'histoire du businessman qui déjeune dans un restaurant de Moscou et ordonne un bœuf Stroganoff ?

_ Non.

_ Et bien le serveur arrive avec une sorte de steak haché et lui dit : "Monsieur, votre bœuf Stroganoff." L'homme est sidéré et réclame : "Mais ce n'est pas un bœuf Stroganoff. – Si, si, rétorque l'employé. – Mais enfin, pas du tout ! Je veux parler au directeur." Le garçon part vers l'arrière et revient un moment après accompagné d'un cuisinier de deux mètres coiffé du chapeau de chef qui lui demande très poliment : "Monsieur n'est pas satisfait de son Stroganoff ?" Sur quoi notre homme d'affaires riposte : – Mais pas du tout ! Ce n'est pas un bœuf Stroganoff. Vous pensez bien je dîne dans tous les meilleurs restaurants des capitales du monde entier. Au Métropole de Moscou, je m'attendais à autre chose !" Le chef encore plus courtoisement lui susurre : – Je suis Stroganoff. »

_ Formidable ! »

Ils s'esclaffèrent de concert, la glace était brisée.

_ Ils ont trois ou quatre menus aux titres assez alléchants et internationaux.

_ Je me souviens d'un filet de dinde provençal avec une sauce qui avait bien la couleur rouge de la tomate, mais toute ressemblance s'arrêtait à cela.

_ Oui, je vois ce que vous voulez dire.

_ Une seule chose me ravit. C'est la quantité allouée par portion. Avouez que c'est sublime. Puisque l'on ne fournit pour ainsi dire aucun effort en vol à proprement parler, on n'a besoin que de très peu de calories.

_ C'est exactement la réflexion que je me suis faite.

_ Combien estimez-vous, trois cents, quatre cents ?

_ À peu près.

_ L'allure est agréable.

_ Oui, vous avez raison.

_ Vous savez, j'ai beaucoup apprécié votre démonstration à la conférence.

_ Vous y étiez ? Bien sûr, suis-je stupide !

_ Excusez-moi. Je me présente Professeur Davidoff. Evgeni Davidoff. De l'Université de Varsovie.

_ Enchanté. Vous êtes Russe ?

_ Ukrainien.

_ Impossible de reconnaître votre accent en russe. Comme vous pouvez le constater, je le maîtrise assez mal.

_ Cher Song, quelle importance, vous jugulez à merveille les harmoniques. C'est cela seul qui compte.

_ Merci. Vous êtes trop aimable.

_ Pas du tout. Mais dites-moi, est-il possible pour une femme d'arriver à une performance pareille ?

_ Vous voulez dire la maîtrise des harmoniques.

_ Cela même.

_ En principe oui. Il n'y a rien de physique qui l'empêcherait de le faire. J'ai une étudiante à Nancy qui est une vraie "maestra". En ce qui concerne nos compagnes du sexe faible, c'est plutôt une question psychologique.

_ Comment cela ?

_ Les Mongols, par exemple, affirment sans cesse qu'il est impossible aux femmes de pratiquer cette technique, car elles manquent de la force du souffle nécessaire à produire le son requis. Ce qui, selon moi, se dément déjà lorsque l'on connaît les excellentes flutistes existant de par le monde.

_ Mais en jouant de la flûte, il y a l'aide d'un instrument extérieur au corps humain.

_ Raison de plus pour rendre l'exploit encore plus difficile à achever. Mais soit ! Limitons-nous aux chanteurs. Par exemple la Callas, Olivero, Scotto et toutes ces cantatrices aux voix immenses susceptibles de couvrir un orchestre.

_ Alors seul le fait de penser, ou bien d'être poussées à le faire, que cette technique est impraticable pour les femmes, empêche celles-ci d'atteindre à la capacité d'exécution ?

_ Vous avez entendu notre diva, par exemple, affirmer qu'elle était malsaine pour les chanteurs de bel canto. Alors que personne jamais ne dira que s'adonner à plusieurs styles de guitares, endommage le doigté. Au contraire, chacun sait que plus l'on pratique de techniques, plus la possibilité d'approfondir ses connaissances joue, et plus l'on atteindra une maîtrise amplifiée dans le domaine choisi.

_ Moi, je vous suis absolument. Ma pensée en la matière rejoint la vôtre. Cette restriction qu'ont les chanteurs au regard de leur organe, comparée à la recherche de la plupart des instrumentalistes, est assez déroutante !

_ Pourtant, regardez nos grands ténors. Ils

n'hésitent jamais à se lancer dans plusieurs styles différents sans que cela leur nuise.

_ Ce qu'on leur reproche souvent d'ailleurs !

_ Oui, en oubliant que si leur voix diminue, c'est peut-être plus à cause de l'âge et de la fatigue, que des différents styles avec lesquels ils jonglent.

_ Pour certains, cela vient encore plus de leur manière d'être dans leur vie, j'en suis sûr.

_ Je vous l'accorde entièrement.

_ Mais dites-moi, où avez-vous appris cette technique ? Ce n'est certainement pas le conservatoire qui vous y a préparé.

_ Pour vous révéler toute la vérité, je l'ai acquise seul, en écoutant des enregistrements et en me rendant aux concerts.

_ C'est absolument "amazing"

_ C'est pourtant la pure évidence.

_ Jamais je n'aurais cru cela possible. C'est miraculeux, dirait un homme d'Église, s'il en fut !

_ N'exagérons rien tout de même. En tant qu'hommes de science, nous savons qu'il y a encore pas mal de phénomènes qui restent inexpliqués.

_ Inexplicables pour l'instant, je vous le concède. Mais, si je vous entends bien, vous n'êtes jamais allé en Mongolie ?

_ Je n'y ai jamais mis les pieds.

_ Et voilà un mythe supplémentaire brisé.

_ Oui, et je dois vous avouer que c'est plus en écoutant les disques, qu'en fréquentant les concerts, que j'ai appris. J'ai toujours refusé cette métaphysique des chanteurs. Que les organes vocaux soient instruits par les muscles, d'accord, c'est prouvé. De cette manière, nous nous exerçons à parler, mais que la technologie n'enregistre pas tout ce qui se passe est d'après moi une allégation erronée. Le son produit énonce de même la manière dont il est issu.

_ Vous êtes génial.

_ Vous me flattez.

_ Non, je vous décris. Et vous avez par cela même, étayé la théorie des solistes qui annoncent que seule la croyance permet de chanter. »

Les deux hommes continuèrent leur conversation. Non seulement ils se comprenaient mutuellement parfaitement, mais ils se respectaient totalement.

_ Cher Davidoff, j'ai lu avec une fringale sans équivoque vos écrits sur les harmoniques.

_ Oui, cela fut une grande opportunité pour moi qu'ils soient traduits.

_ Croyez-moi, une chance immense pour moi aussi. C'est votre livre décrivant votre séjour sur les bords du lac Houvogoul qui m'a mis sur la piste.

_ Comment cela ?

_ A un certain moment, vous écrivez que l'enfant enfoui sous les fourrures est bercé par le chant des adultes.

_ Je vois. De fait, il ne fait qu'écouter.

_ Cela même. Je me suis dit alors que notre technologie étant pratiquement parfaite, elle devait reproduire exactement les sons qu'entendait cet enfant.

_ Et ?

_ J'ai mis une ceinture stéréophonique autour de mon lit, de manière à reconstituer l'ambiance d'une ger. Tous les soirs, je me suis, pour ainsi dire, bercé des mélopées de l'Altaï que j'avais à ma disposition sur cassette. C'était peu, mais j'ai pensé qu'à part en de rares occasions, les habitants répétaient inlassablement les mêmes mélopées. Vous l'aviez d'ailleurs suggéré dans vos écrits.

_ J'en suis très heureux. Lorsque je les ai rédigés, j'étais loin de me douter que vingt ans après, je rencontrerais un homme ayant appris à chanter à l'aide de mes descriptions.

_ C'est pourtant textuellement ce qui s'est passé.

_ Vous m'en voyez ravi.

_ Bien entendu, le confort de mon lit était loin de reproduire l'intérieur d'une yourte, mais un nourrisson entouré de fourrures devait avoir la même sensation que moi.

_ Oui, je puis vous affirmer que ce sont, là-bas, les enfants qui vivent le plus au chaud dans leurs langes de toisons. Je me souviens du froid intense de l'hiver, malgré les peaux d'ours dont nous étions recouverts assis autour du feu, seules notre face et notre poitrine étaient réchauffées. Dans le dos, l'air nous glaçait implacablement. Vous pensez bien, cet hiver-là, on enregistra des températures de moins cinquante-huit degrés Celsius. Pratiquement un record, il gela plus de deux mois à moins cinquante, moins quarante-huit, moins cinquante-deux.

_ Et vous étiez là-bas toute cette période ?

_ Inenvisageable de partir. Et pour aller où ? Toute la vallée était impraticable, dans la même situation. Comment savoir les possibilités de l'autre côté de la montagne !

_ Vous y êtes resté près d'une année ?

_ Pour être précis dix mois. Depuis l'automne jusqu'à l'été.

_ Et tous les jours les chants s'élevaient, n'est-ce pas ?

_ Oh oui. Tous les soirs, et pendant l'hiver, durant l'après-midi également. Quoi faire d'autre ? Vous savez, pendant ces grands froids, seuls les hommes sortaient. Les femmes, les enfants et les vieillards restaient à l'intérieur.

_ Ils vous laissaient aller dehors ?

_ Uniquement pendant les journées ensoleil-lées.

_ Qu'avez-vous fait pendant tout ce temps à part écrire, prendre des notes ?

_ J'ai énormément réfléchi.

_ C'est comme cela que vous est venue l'idée de l'emplacement de Karakorum ?

_ Vous voyez juste. À être sans cesse confronté avec ce qu'avait dû être la vie au temps de Gengis Khan, j'ai fini par m'immiscer dans ses pensées. Comme cela, j'ai eu l'intuition de l'endroit où se trouvait Karakorum.

_ Vos collègues vous ont-ils suivi tout de suite ?

_ À peu près. En partant des rives du lac, je suis directement allé à Khar Khorine, la nou-velle Karakorum.

_ Cela vous a-t-il permis de commencer rapi-dement vos recherches ?

_ Oui. Immédiatement, j'ai réussi à localiser

Erdene Zuu et le temple.

_ Quel était votre indice révélateur ?

_ La rivière. Dans l'histoire secrète des Mongols, il est fait mention de trois cours d'eau pour l'emplacement du lieu de naissance et de la jeunesse de Temudjin, mais d'un seul lorsqu'il y a référence à la capitale. Erdene Zuu est l'unique lieu de culte découvert à présent près d'une rivière et entouré des vestiges d'une ville.

_ Alors Erdene Zuu est le temple de Karakorum ?

_ Oui, c'est certain. Tout concorde.

_ Et ce temple en ruines, vous l'avez reconstruit ?

_ J'ai contribué à sa rénovation. Désormais, des moines bouddhistes s'y sont à nouveau installés et y célèbrent le culte. Les disciples du monde entier y viennent en pèlerinage. C'est devenu un lieu touristique.

_ À ce point ?

_ Encore plus que ce que vous pouvez croire !

_ Expliquez-moi.

_ La nouvelle ville a environ dix mille habitants. Elle est surtout constituée de baraques
en planches, de gers et de quelques bâtiments
délabrés.

_ Quand y êtes-vous allé pour la dernière
fois ?

_ Il y a un peu plus d'un an, et franchement, je
doute que des changements se soient produits
depuis. À part au monastère peut-être, où la
reconstruction battait son plein.

_ Vous voulez dire que les moines rebâtissent
leur temple ?

_ Exactement. Ils le remettent dans le même
état où il se trouvait du temps du Grand Khan.
Pour se faire, ils se servent de plans, de des-
sins et de la technologie d'alors.

_ Cela doit en effet attirer les touristes.

_ Malheureusement en un sens. Dans
l'autre… le commerce qui en découle permet
de payer les matériaux indispensables à la res-
tauration.

_ L'État n'y contribue pas ?

_ Pas le moins du monde. Il manque de moyens pour financer une opération d'une semblable envergure.

_ Alors à part les moines qui relèvent le monastère, les excavations ne sont pas commencées ?

_ Vous avez deviné. Mis à part quelques sondages fructueux, par ailleurs, rien n'a pu encore être entrepris.

_ C'est navrant, mais tellement commun.

_ Oui, le gouvernement mongol a d'autres priorités sur son agenda.

_ Pensez-vous que les Nations Unies vont faire quelque chose ?

_ À vrai dire, je l'espère, mais j'en doute également.

_ Les Mongols sont pourtant le sujet de nombres d'études financées par les Nations Unies ?

_ C'est vrai, mais en ce cas particulier, le résultat des recherches resterait la seule possession des Mongols puisque sur leur sol, et faisant partie de leur histoire.

_ Juste. »

Cette révélation les laissa tous les deux pensifs, démontrant la fragilité de leur savoir par rapport à la précarité de leur situation d'hommes de science. Toute leur connaissance n'y pouvait rien. Ils restaient la victime des fluctuations économiques et des conjonctures politiques, encore bien plus que de simples paysans.

46. Deuxième vidéo de l'Élysée

Le président de la République s'avançait dans la grande salle vers le parterre de microphones. Il était accompagné par le chef de cabinet. Comme à son accoutumée, le président marchait d'un pas inégal. On ignorait si cela était le fait de son pantalon un peu tirebouchonné sur ses chaussures ou s'il était affublé d'une claudication minime, mais il avait toujours l'air d'être sur le point de tomber, du moins de trébucher. Toutefois, il arriva sans encombre devant le parterre de journalistes et se positionna pour son allocution. L'introduction fut brève et en surprit plus d'un.

– Mesdames, messieurs. Comme les communiqués précédents vous l'ont déjà fait savoir, la situation en Syrie est maîtrisée et nous pourrons rappeler une partie de nos troupes. Grâce à quelques missions spéciales, les rebelles ont pu être éliminés et le calme est revenu dans la région d'Alep. Malgré cela, nous déplorons la perte du sergent Lavoine, mort au combat. En raison de son sacrifice pour la patrie, nous avons décidé de lui décerner la Légion d'honneur à titre posthume. Elle sera remise à sa famille lors des obsèques qui auront lieu dans deux jours. »

Cela n'avait échappé à personne que le président s'était exprimé à la première personne du pluriel et non du singulier. Le reste de la conférence faisait état du chômage en baisse, de la reprise de la croissance et de quelques informations du même ordre. Le moment des questions arrivait. Un journaliste du *Matin* demanda le nombre de soldats qui seraient rappelés. Une autre, de ceux qui demeuraient. Puis Christiane Laroche prit la parole :

– Christiane Laroche de *Paris-Soir*. Monsieur le président, est-il vrai que le sergent Lavoine a trouvé la mort non pas au cours d'une mission spéciale, mais à l'occasion d'un exercice où une arme nouvelle était utilisée et que le manque de formation dans la manipulation de cette arme lui aurait été fatal ?

– Madame Laroche, n'est-ce pas ? Et sans attendre de réponse, le président continuait : – Vous semblez détenir des informations qui ne me sont pas parvenues. » Le président souriait un peu niaisement comme à son habitude lorsqu'il pensait avoir fait un bon mot. Mais, personne n'esquissait le moindre sourire.

– Peut-être est-ce tout simplement le cas, monsieur le président ? Sauf votre respect, vous venez de déclarer à la première personne du pluriel que la décision de remettre la Légion d'honneur posthume a été prise. Cela signifierait-il que vous n'avez pas pris cette décision, mais tout le cabinet ou peut-être une partie de celui-ci… ? »

Un des défauts de ce président était son manque de maîtrise dans la répartie. Ses muscles du visage le trahissaient toujours. Un piètre joueur de poker. Il mit juste un peu trop de temps à répondre.

– Oui, c'est en consultant mon conseil que j'ai pris cette décision. Le sergent Lavoine mérite cette distinction pour les services rendus à la France. » Puis, le chef de cabinet s'interposa :

– La conférence est terminée. »

Mais, personne ne bougeait, sauf le président qui s'éloignait à grands pas avec le Premier ministre. Les images s'arrêtaient là.

Demonge et Lacombe portèrent la vidéo à Lemoine et Chaboisseau et firent un rapport de ce qu'elle contenait.

– On dirait que Laroche et Villemain pratiquaient l'art de mettre les pieds dans le plat sans douceur, dit Lemoine.

– Oui, tu peux le dire. Apparemment, elles possédaient des infos sur la situation, lui répondit Chaboisseau.

– Oui, elles étaient très bien renseignées. Donc, une fuite à l'Élysée comme il y en a souvent.

– À cela, rien d'anormal, mais leurs infos leur ont valu de se faire trucider.

– Cela ne fait aucun doute qu'il doit y avoir un rapport entre le suicide de Weber, le trafic et le décès de Lavoine.

– Tu penses qu'il y avait une arme spéciale que Lavoine ne savait pas manipuler et qui a causé sa mort ?

– Lui ou quelqu'un d'autre s'est servi de quelque chose d'une manière inadéquate, si c'était bien au cours d'un exercice qu'il a été tué. Pour couvrir l'histoire, ils ont déclaré qu'il s'agissait d'une mission. « Mort au combat », ça la fout nettement mieux que « Mort par manque d'entraînement ».

– T'as raison. Mais, que savaient exacte-ment Laroche et Villemain ? Et, Weber dans tout cela ?

– Il y a de grandes chances pour que We-ber ait été au courant et aussi mêlé à toute l'histoire.

– Il aurait donc su que le maniement en était un peu différent…

– Oui. Je pense à des armes trafiquées dans tous les sens du terme.

– Est-ce que sa résidence a été fouillée ?

– Non, pourquoi ? L'affaire a été classée

comme un suicide.

– Vrai ! Je crois aussi qu'il est grand temps d'aller visiter la propriété de madame veuve Weber, tu ne trouves pas ?

Oui, tout à fait. »

Lemoine était absolument d'accord pour aller faire un tour en province.

47. Balade en Provence

Avant d'aller à Buis-les-Baronnies, Lemoine et Chaboisseau étaient passés à Cluis. La propriété des Weber en imposait. Construite sur une hauteur, la villa, presque un petit château, surplombait la vallée de la Bouzanne. Ils avaient visité les serres, la cave, le cellier et un hangar fermé qui leur semblaient le plus propice à dissimuler des colis suspects, mais mis à part des vieux emballages d'outils et de produits de jardinage transformés en bois de chauffage entassé dans la remise, ils n'avaient rien repéré qui rappela, de près ou de loin, les caisses vues sur la vidéo. Inutile de fouiller plus loin, s'étaient-ils dit, ce qu'ils cherchaient se trouvait ailleurs. Peut-être dans la villa des Laroche et dans ce cas, Dumoulin et Lafarge auraient plus de chance.

Sans atteindre la vitesse d'un avion de ligne, l'hélicoptère leur permettait de gagner un temps précieux. Après une heure de trajet, le pilote les déposait sur la pelouse du stade de

Buis-les-Baronnies où des collègues les attendaient avec une voiture. Le commissaire Lefebvre avait passé les coups de fil nécessaires.

Une fois les présentations faites, le chauffeur les conduisit au mas des Weber. Perchée
à flanc de montagne, la propriété profitait
d'une vue superbe sur le mont Ventoux et,
plus près, sur le mont Saint Julien.

– Pas mal comme coin, commenta Lemoine pendant qu'ils regardaient autour d'eux à la
grille. Tiens, voilà quelqu'un. »

Une femme en short blanc avec un haut rose généreusement habité et un grand sombrero
bariolé s'approchait.

– Bonjour. Ma sœur m'a prévenue de votre
venue. Je me présente : Jeanine Lamont. Mon
mari, Bernard, paresse au bord de la piscine
ainsi qu'une amie qui nous rend visite, Marcelle Fontaine. »

Aux noms qu'elle prononça, Lemoine et
Chaboisseau accusèrent une légère surprise.

– Vous voulez dire, Lamont de Paris, dans
le 5ème, interrogea Lemoine.

– Mais oui. Comment le savez-vous ? Mais, que je suis bête ! Vous êtes de la police alors vous savez tout, s'esclaffa-t-elle d'un rire cristallin qui se perdit sous les rayons du soleil.

– Hélas, pas tout ! Madame Weber est votre sœur ?

– Oui.

– Que vous a-t-elle confié sur le but de notre visite ?

– Pas grand-chose. Juste que je devais vous permettre l'accès à toutes les parties, de la cave au grenier et tout le reste ! Mais, venez donc près de la piscine, c'est là que nous sommes. »

Lemoine et Chaboisseau se lancèrent un coup d'œil mi-surpris mi-complice quand ils virent Marcelle dans son fauteuil roulant.

– Excusez-nous de vous déranger, vous étiez à la fête donnée par mademoiselle Villemain mercredi soir, demanda Chaboisseau en s'adressant à Marcelle.

– Oui, en effet. Natalie a eu la gentillesse

de m'inviter. Je la connais en tant que voisine et une fois, elle a fait un reportage sur les personnes handicapées, mais valides, comme elle le dit.

– Vous n'avez pas vu les journaux ou regardé les informations ?

– Oh ! protesta Jeanine Lamont. Ici, nous lisons des livres et allons aux concerts dans les environs s'il y en a. Pourquoi ? Paris a-t-il disparu ?

– Non, pas que nous sachions, mais mademoiselle Villemain est décédée.

– Oh, que c'est affreux, se lamenta Marcelle

– Comment cela s'est-il produit ? questionna Bernard Lamont qui n'avait pas levé les yeux de son livre, mais qui, apparemment, suivait la conversation de près.

– Elle a été assassinée, laissa tomber Chaboisseau tout en observant les réactions du trio.

Marcelle et Jeanine gémirent un peu plus fort et Bernard haussa les épaules en signe

d'impuissance et posa son livre sur les genoux.

– Peut-on savoir comment ? s'enquit-il.

– Voyons Bernard, cela ne te suffit pas de
savoir que la pauvre fille a été assassinée ?
Tu voudrais des détails en plus ? Je vous prie
de l'excuser. Il est toujours à lire des romans
noirs et des polars.

– Oh, mais, nous pouvons vous le révéler,
c'était aux informations, enchaîna Chaboisseau. Elle a été tuée d'une balle dans la tête et
son corps a été déposé sur un trottoir, dans la
rue de Furstenberg.

– Furstenberg ! s'exclama Jeanine, c'est
tout près de chez nous.

– Près, n'exagérons rien, contrecarra Bernard. En tout cas, dans le même arrondisse-
ment. Dis donc, ta sœur n'avait-elle pas mentionné que ces messieurs venaient au sujet de
la mort du député ? »

Chaboisseau et Lemoine remarquèrent tous
les deux cette propension qu'avait son entou-
rage à citer l'homme par sa fonction au lieu de

par son nom.

– C'est exact, reprit Lemoine. En fait, nous nous occupons de deux enquêtes.

– Deux affaires ? Vous ne croyez pas non plus à la thèse du suicide ?

– Et vous ? demanda Chaboisseau.

– Pour moi, cela ne fait aucun doute que le beau-frère a été tué. Tout le démontre. Que la police ait conclu au suicide m'a vraiment laissé perplexe.

– Pourquoi cela ?

– À cause des indices, d'abord. Puis, ce n'était pas un homme à se trucider. Il aimait beaucoup trop la vie pour cela. Et, trop les femmes.

– Oh ! protestèrent de concert Jeanine et Marcelle.

– Oui, oui. Je sais. Je ne devrais peut-être pas le dire devant des dames, mais c'est la stricte vérité. Messieurs, allons marcher un peu. Je vais vous faire visiter la propriété pendant que ces dames prépareront quelque rafraîchissement. N'est-ce pas, chérie ?

– Bien sûr ! Où avais-je la tête, obtempéra Jeanine.

Les trois hommes évoluèrent vers le jardin en terrasse alors que les femmes prenaient la direction de la porte-fenêtre donnant sur la cuisine.

Une fois hors de portée de voix des femmes, Bernard Lamont prononça des paroles auxquelles les deux inspecteurs ne s'attendaient aucunement.

– Pour tout vous dire, mon beau-frère aimait non seulement les femmes, mais aussi le jeu. Il jouait et jouait gros. Le problème avec les joueurs, c'est qu'ils perdent autant, sinon plus, qu'ils gagnent. Le député ne dérogeait pas à la règle. Il avait des dettes. Vous allez me demander comment je le sais. Eh bien, il m'est arrivé de l'assister plusieurs fois et je n'étais pas le seul. Pour son amour immodéré des femmes, c'est encore plus simple. Il me l'a dit. D'ailleurs, en remerciement de mes dépannages, il m'a invité quelques fois à des sauteries où elles étaient nombreuses, légèrement vêtues et pas farouches, si vous voyez ce que je veux dire.

– Pouvez-vous préciser pour que nous soyons sur la même longueur d'onde, demanda Lemoine.

– Nous étions dans une propriété et il y avait des hommes, dont mon beau-frère et moi, et des femmes. Très belles pour la plupart. Certaines étaient nues ou en tenue légère, d'autres en grande tenue. Celles-là, il y avait ceux qui aimaient leur arracher leurs habits. Elles se retrouvaient sans vêtements comme les autres. Il y avait des tables de jeu, de victuailles, mais personne n'était là pour faire ripaille ou jouer au baccarat. L'attrait, c'était les femmes. Les hommes les prenaient à tour de rôle, les violant presque parfois. Très peu s'isolaient dans les chambres du haut. Les sofas et les coussins étaient enfouis sous les couples et les groupes qui faisaient l'amour. Quoique le mot « baiser » convienne mieux pour décrire ce qui se passait. Les femmes devaient être très bien payées ; elles permettaient toutes les poses et tous les gestes. Il en venait sans cesse de nouvelles pour prendre la relève. Des hommes arrivaient en limousine. Ils en empoignaient une ou deux et repartaient après avoir tiré leur coup. J'ai aussi reconnu plusieurs messieurs. Il leur arrivait même de ne pas descendre de voiture, de faire monter les filles s'ils en voulaient plusieurs et de trai-ter leurs affaires sur la banquette arrière. Ils les renvoyaient quand c'était fini. Un vrai lu-panar pour haut placé. Enfin, je ne peux vous dire que ce qui se passait en bas et sur le per-ron, car je ne suis jamais allé à l'étage. En re-vanche, je peux vous dire qu'aucune ne por-tait de maillot de bain dans la piscine.

– Vous avez le sentiment que toutes les fil-les étaient là de leur plein gré ?

– Je vois ce que vous voulez dire. Vous savez, ce n'était pas l'endroit où les conversa-tions fleurissaient. J'ai pourtant eu l'impression qu'elles étaient consentantes. Peut-être qu'elles étaient un peu trop défon-cées pour protester, mais elles se tenaient tou-tes très bien. Pas ivres mortes ou quoi que ce

soit. Du moins, en bas. J'ignore comment elles étaient dans les chambres. Bref, tout cela
pour vous dire que le beau-frère aimait les
femmes et se rendait dans ce genre d'endroits.

– Vous y êtes souvent allé avec lui ? Jamais tout seul ?

– Non, jamais seul. Il faut être invité ou
faire partie du cercle. Je l'ai accompagné à
trois occasions en tout et pour tout. En vérité,
ce n'est pas vraiment mon truc. Mais lui, il y
allait deux ou trois fois par semaine à ce qu'il
m'a dit.

– Cela offre une autre perspective sur sa
personnalité.

– Vous pouvez le dire ainsi. Voilà ce que
je sais sur le sujet. Vous comprenez, pour que
je vous en fasse part, il était préférable de
s'éloigner des femmes.

– Surtout de la vôtre, ne put s'empêcher de
compléter Chaboisseau avec un clin d'œil qui
se voulait complice.

– Et vous nous parlez de dettes de jeu…

– Oui, mais combien… ? Je pense de très

grosses sommes. »

Tout en discourant, Bernard Lamont leur avait ouvert les portes de la remise et celles du garage où rien de spécial n'avait attiré le regard des inspecteurs.

Sur la terrasse, Jeanine et Marcelle avaient installé un thé somptueux avec des sandwichs, des coupelles de fruits, des gâteaux découpés en parts généreuses et des glaces. Les hommes firent honneur à la collation sans qu'il fut besoin de les prier. Lemoine, buvant une tasse de café bien serré comme il l'aimait, demanda :

– Pour revenir à fête de mademoiselle Villemain, vous étiez invités tous les deux ?

– Oui, Natalie nous avait mis sur la liste, mais nous n'avons pas pu nous y rendre.

– Pourtant la concierge a coché vos noms.

– Oui, bien sûr. Cécile, ma nièce y est allée à notre place. Elle a certainement donné le nôtre.

– Pouvait-elle être accompagnée ?

– Sans doute son petit ami. Je connais juste

son prénom : Sylvain.

– Et votre nièce est… ?

– Cécile Laurent. Elle habite l'immeuble à côté.

– Ceci explique cela, » termina Lemoine qui reposait sa tasse.

Après quelques banalités échangées sur le ciel bleu de Provence, la grisaille de celui de Paris l'été, la chaleur et autres particularités atmosphériques, Lemoine et Chaboisseau prirent congé.

Le chauffeur les conduisit au stade où ils montèrent à bord de l'hélicoptère en route pour Paris.

48. Anneke et Roel

Anneke se réveilla en sursaut. Le bruit de la clef tournant dans la serrure l'avait surprise devant le poste de télévision allumé. Elle s'affola. Roel allait s'apercevoir qu'elle était rentrée, puisqu'elle n'avait pas le temps d'éteindre avant qu'il ne pénètre dans l'appartement. Subrepticement, elle baissa le volume au minimum. Peut-être après tout n'avait-il rien remarqué ? Elle l'entendit traverser le couloir, le bruit de son pas lui indiqua qu'il se tenait coi devant sa porte. Un frôlement imperceptible révéla qu'il collait l'oreille contre le bois, à l'écoute d'un indice de sa présence. Elle retint sa respiration, les yeux dilatés d'appréhension. Il s'abstint de frapper. Il faisait encore assez jour dehors pour qu'il n'ait pu voir la réflexion de l'écran dans l'encadrement de la fenêtre. De cela elle était certaine. Il s'éloigna vaquer entre sa chambre et la cuisine. Il se faisait un café. Ce ne fut que lorsqu'elle l'entendit entrer dans la salle de bains et en refermer la porte, qu'elle osa bouger et reprendre souffle. Elle s'assit plus confortablement. Elle avait glissé de côté en s'assoupissant. Elle ramassa les lettres éparpillées qu'elle n'avait pas encore lues. Le vacarme de la chasse d'eau la fit se remettre aux aguets. Cela ne pouvait plus durer ainsi. Elle s'avoua qu'en fin de compte, elle avait peur de le rencontrer.

À Paris, elle était à l'aise, libre. De retour dans cet appartement, l'angoisse la submergeait à nouveau. Sa mère avait raison. Il lui fallait un domicile propre. Si elle était incapable d'habiter seule, son frère emménagerait avec elle. Mais, probablement que la solitude lui pèserait moins que cette torture. La bouilloire continuait à siffler pendant que Roel écoutait les messages sur le répondeur automatique. Elle eut bien garde de rester totalement immobile. Un geste infime aurait pu trahir sa présence. Roel n'allait pas à la cuisine pour baisser le gaz. Elle suffoqua presque, cela signifiait qu'il savait qu'elle était là, qu'elle l'épiait. Il jouait avec elle, certain qu'elle était incapable de résister, elle devait se précipiter. Il la manipulait même sur des gestes aussi insignifiants. Sa poitrine était une armure de fer trop étroite, la douleur la déchirait. Elle allait crier, perdre le contrôle de ses nefs, le hurlement enflait sa gorge et atteignit ses lèvres. La vérité la fouetta au visage avec une telle lumière, qu'elle haletait doucement. Petit à petit, une force nouvelle se frayait un chemin vers le jour, s'emparait d'elle et remplaçait l'étau qui lui étreignait le cœur.

Elle noircit l'écran à l'aide de la télécommande, refusant d'écouter le sifflet strident de l'eau bouillant sur le gaz, elle se leva, et délibérément fit craquer le lit où elle se laissa tomber comme un poids mort. Il pouvait penser qu'elle venait d'ouvrir les yeux ! Elle hésita un instant entre allumer une cigarette et remettre le son de la télévision lorsqu'une idée fulgurante lui traversa l'esprit. Elle sauta sur le tapis, s'élança à son tour vers la salle de bains. Elle s'y enferma le temps de pourvoir à un besoin naturel et retourna nonchalamment à sa chambre allumer une cigarette. Cela fonctionnait. Elle vit par la porte entrebâillée, Roel se précipiter pour éteindre la cuisinière. Elle ressentait une joie intense, elle venait de réussir le premier pas.

_ Tiens, tu es revenue ?

_ Oui.

_ Ton séjour s'est-il bien déroulé ?

_ Oui, très bien merci. »

Le ton froid et inhospitalier le déroutait légèrement.

_ Il ne semblerait pas à t'entendre.

_ Bah ! Les apparences sont quelquefois trompeuses.

_ À quoi réfères-tu ?

_ À rien en particulier, sinon à la situation présente. Tout s'est très bien passé. Tu me dis que l'on ne le dirait pas. Je réponds les apparences sont trompeuses. C'est tout.

_ Ah bon.

_ Et toi, tout va bien ?

_ Oui.

_ Tu pars quand ?

_ Je ne pars plus.

_ Ah bon. Pourquoi ?

_ Ingrid est partie en Sibérie.

_ Seule ?

_ Oui, et elle va en Mongolie à ce que j'ai entendu.

_ À ce que tu as entendu ? Elle ne t'a pas parlé ?

_ Non. Elle ne m'a pas parlé. Je l'ai appris par
Peter.

_ Que va-t-elle faire là-bas ?

_ Est-ce que je sais ! Et puis je m'en fous.
Pour ce que j'en sais, elle va à Karakorum.

_ Ah bon. Excuse-moi, je suis fatiguée, et j'ai
encore beaucoup à faire.

_ Tu ne dînes pas ?

_ Non plus tard peut-être. »

Sur ce, elle le laissa pantois, incrédule, et
referma la porte de sa chambre pour savourer
sa victoire. Elle termina sa cigarette, écrasa le
mégot dans le cendrier. La bataille serait dure,
mais elle la gagnerait. Ne se tenant plus de
joie, elle opta pour une pizza. Il n'apprécierait
pas du tout, mais elle s'en moquait éperdu-

ment. Avant qu'elle ne compose le numéro, elle l'entendit qui ressortait en claquant la porte derrière lui. Cela lui faisait ni chaud ni froid, mais lui évita le dilemme de passer commande sans s'enquérir de son désir à lui. Il aurait pu le prendre pour de la provocation !

49. Isabelle Dubois

L'homme était satisfait. Il sifflotait en conduisant. Tout s'était très bien passé.

Isabelle donna un tour de clef supplémentaire à la serrure de l'entrée et prit l'ascenseur la menant directement au parking souterrain. Elle s'achemina sans méfiance vers sa voiture, une Mégane Estate vert amende métallisé. Elle actionna le déverrouillage automatique des portes et jeta son sac sur le siège passager. Elle s'assit au volant, contrôla par habitude les rétroviseurs et mit le contact. En sortant par la porte d'Orléans, elle serait en un peu plus d'une heure chez ses parents à Saint-Rémy-lès-Chevreuse.

L'homme l'avait observée pendant plusieurs semaines. Il savait exactement le chemin qu'elle suivrait. L'autoroute jusqu'à Massy, puis elle rejoindrait la départementale pour passer au-dessus de Palaiseau et la route en surplomb de la voie ferrée. Elle continuerait

par le haut de Lozère, au Guichet elle prendrait la rue de Verdun, ensuite la rue de Chevreuse qui l'emmènerait à Bures-sur-Yvette,
puis Gif-sur-Yvette toujours en restant sur la
riche gauche de l'Yvette. Arrivée à la route de
Belle-Image, elle descendrait vers la station-
service Total et à Courcelle-sur-Yvette, ce serait la rue de Paris et, sur la gauche, la rue de
Vaugien. Elle bifurquerait à droite sur la rue
Ditte, traverserait le passage à niveau…

Isabelle frissonna ; elle actionna le chauffage d'un cran. L'homme, calé sous la couverture contre la banquette, sentait l'air chaud lui
souffler sur la joue. Il avait tout prévu, sauf
cela. Heureusement, il savait que son calvaire
serait de courte durée. Il prit son mal en patience. Tout comme il l'avait imaginé, elle ne
l'avait pas repéré, couché sous le plaid sur le
sol du coffre avec les sièges rabattus. Le dossier avant restait toujours dans la même position avec plusieurs couvertures jetées en vrac.
Idéal camouflage dans la semi-obscurité. Une
cache que l'homme avait rapidement mise à
profit.

Isabelle se sentait mal. Elle pensait à Claire. Cécile lui avait téléphoné. Elles avaient pleuré ensemble leur amie. Quel monstre avait pu la mutiler ainsi ! Pour changer les idées sombres qui l'assaillaient, Isabelle appuya sur une touche du lecteur de CD. La voix de Franco Corelli envahit l'habitacle. Soulagement.

L'homme avait l'opéra en horreur. Pendant une heure, il la maudit du fond de sa cachette. Il se promit de se venger. Mais, pour l'instant, il devait supporter le choix d'Isabelle. Il voyait par une fente aménagée par ses soins la route de Courcelle-sur-Yvette. Bientôt, ils tourneraient à gauche dans la rue de Vaugien.

Isabelle commençait à se détendre. Encore une dizaine de minutes et elle franchirait le seuil de la maison de ses parents. Elle pourrait s'installer près de la cheminée où son père aurait allumé quelques bûches. « Rien de tel qu'une bonne flambée le soir, pour brûler les soucis de la journée » avait-il coutume de dire. Sa mère lui aurait gardé une généreuse portion de lasagnes aux épinards, son plat favori. Elle eut envie de prendre son portable, puis se ravisa. Ils risquaient de s'inquiéter pour rien. Ils recevaient peu d'appels et rarement le soir.

La rue de Vaugien était déserte et sombre. Elle aimait descendre vers la rue Ditte et passer le pont de l'Yvette. Son père l'emmenait souvent chercher le lait frais à la ferme lorsqu'elle était enfant. Elle soupira de bonheur au souvenir de ces jours heureux et vira à droite dans la rue Ditte.

L'homme était sur le qui-vive. Il tenait fermement la cordelette dans son poing. Il avait tout calculé. Quand il sut que la voiture s'aventurait sur l'avenue de Guieterie, il se tint prêt. D'excitation, il faillit tirer trop tôt. Encore quelques instants, et il pourrait le faire.

Isabelle s'engageait sur le chemin de Ragonant. Elle dépassait les dernières maisons sur sa gauche et s'enfonçait sous le feuillage du bois.

L'homme exultait. Les soubresauts de la

voiture prouvaient que le moment était venu. Il compta jusqu'à soixante et tira de toutes ses forces sur la ficelle. Au même moment, le moteur toussa et cala.

Isabelle regarda l'aiguille de la jauge. Celle-ci n'indiquait rien d'anormal. Elle avait fait le plein la veille en prévision du trajet. Enfin, elle y était presque. Elle avait une torche dans la pochette, heureusement. Elle reviendrait chercher son sac avec son père. Une saleté dans le réservoir avait certainement obstrué l'arrivée de carburant.

Elle marchait depuis à peine une minute quand elle entendit une portière claquer. Elle pensa à un couple d'amoureux. Elle ne se retourna pas.

L'homme la rattrapa et lui planta l'aiguille dans la cuisse avant qu'elle ne le voie derrière elle. Ses yeux s'agrandirent de panique. Déjà, elle ne pouvait plus crier. Elle tituba deux ou trois pas et s'écroula sur les pierres du chemin.

Inconsciente et molle, elle subissait ses attouchements sans réaction. Elle, il la voulait

habillée. Elle portait une jupe ce qui lui facili-
tait la tâche. Il remonta le tissu jusqu'à la taille. Il lui enleva son slip sans hâte, mais avec
jubilation. Il souleva le pull-over. Ses mains
dans son dos, il dégrafa le soutien-gorge libé-
rant deux seins d'un blanc laiteux qui le firent
bander. Il les caressa longuement avant de
s'enfouir dans son intimité.

Il y avait peu de chance qu'une voiture
passe à cette heure-là. Personne ne prenait ce
chemin impraticable ; elle était bien la seule ! Il ricana. Il était tranquille de ce côté-là.
Il arrêta ses coups de boutoir pour empoigner
les seins à pleines mains. Il s'arc-bouta en s'y
agrippant et, d'une dernière secousse des
reins, jouit en elle. Il se promit de prendre Tina Blanchard quand elle serait consciente et le
visage de Tina Blanchard se substitua à celui
d'Isabelle Dubois ce qui fit durcir à nouveau
son sexe.

Il la traîna vers la voiture à moitié nue. Elle perdit une chaussure. Il l'installa sur le siège arrière et toutes vitres fermées, il attendit

qu'elle reprenne connaissance. Il lui attacha les poignets derrière la nuque. Il lui caressa les aréoles. Elle les avait foncées. Il lui pinça les tétons. L'autre main fouillait sous la jupe, écartait les cuisses et se frayait un chemin dans la fente humide. Il malaxait ses grandes lèvres entre le pouce et l'index. Un soupir plus profond et un léger gémissement lui signalèrent qu'elle émergeait de l'inconscience. Il saisit une corde dans sa poche, l'enroula autour de sa cheville et la fixa fermement à la portière. La jambe relevée exposait le sexe ouvert. Il gloussa de plaisir en pensant à son épouvante lorsqu'elle reprendrait complètement ses esprits, ce qui ne saurait plus tarder.

Il déchira un morceau de ruban adhésif rouge et le lui colla sur la bouche. D'une oreille à l'autre, cela lui faisait un macabre sourire de clown.

Il s'assit sur sa cuisse qui reposait sur la banquette. L'autre était ligotée à la portière. Elle ne pourrait pas bouger. Il promenait ses doigts sur le ventre, descendait lentement, fouillait la toison. Il voulait qu'elle comprenne être à sa merci. Elle eut un soubresaut de tout le corps. Il enserra son mont de Vénus dans sa paume et appuya avec force. Avec son bras droit, il lui écrasait le torse. Elle ne pouvait pas faire un geste. Il sentait la turgescence de son désir. Il voulait qu'elle le voie quand elle ouvrirait les yeux. Ses paupières frémirent et papillotèrent quelques instants. Elle se réveillait. Il accentua la pression de ses ongles sur son clitoris. Ses pupilles s'agrandirent de douleur. Il bavait de plaisir. Elle comprit qu'une chose horrible lui arrivait sans saisir comment cela était possible. Petit à petit, la mémoire lui revenait en même temps que ses forces. Elle essaya de se débattre en vain. Il la tenait fermement prisonnière.

Il lui agrippa les cheveux dans sa main droite et pencha son visage pour qu'elle admire son érection. Elle se méprit sur son intention et sa nuque se raidit dans le refus. Cela l'excita. Il aimait que les femmes lui résistent ; les vaincre n'en devenait que plus émoustillant ainsi. Il alluma le plafonnier pour mieux la voir. Et, il se mit devant elle, à genoux sur sa cuisse, la douleur était presque insoutenable. Puis, il la prit lentement, la main droite lui comprimant la gorge et les doigts de la gauche griffant son sein. Il le serra de toutes ses forces et le tourna pour le déchirer. La lancination était insupportable. Il l'étranglait, lui arrachait la mamelle. Ses yeux se remplissaient de larmes, sa vue se brouilla. Elle s'évanouit.

L'homme ne s'en préoccupa guère. Il voulait qu'elle saigne et elle souffrait. Il se retira d'elle, pour y entrer avec encore plus de brutalité. Il la percevait tout autour de lui. Il la labourait avec une violence accrue quand elle rouvrit les yeux. Il jouit longuement, mais resta en elle jusqu'à ce que son membre renaisse d'une nouvelle vigueur. Il recommença son va-et-vient brut. Elle ne le sentait plus. Elle devait subir ce viol sans opposer de résistance. Elle pensait qu'ainsi, il la laisserait partir.

Il s'acharna sur elle. Il la meurtrissait. Il le savait et s'en délectait. Il alternait ses gestes. La caressait tantôt en l'effleurant à peine, pour ensuite la labourer de ses doigts recourbés en forme de griffes. Son plaisir décupla quand, dans un dernier sursaut de répulsion, elle essaya de serrer les cuisses. Il éclata d'un rire diabolique devant sa pauvre tentative, les muscles tendus lui procurant une volupté extrême. Il jouit en la giflant.

Haletant, il saisit dans sa poche la seringue et lui injecta la dose mortelle.

Elle n'avait plus beaucoup à vivre. Pour lui, ce serait bien assez.

Il la détacha, la fit basculer par la portière ouverte, l'écartela sur le sol et avec son cutter, entama son opération. Isabelle avait quitté ce monde. Comme il lui avait ôté la vie, il la privait maintenant de sa féminité.

Sa besogne accomplie, il l'installa sur le siège passager, rabaissa à regret son pull-over et démarra le moteur. Il reprenait le chemin en sens inverse. Il abandonnait derrière eux un sac en plastique au contenu sanguinolent.

Dimanche

50. Inspecteurs d'Amsterdam

Du commissariat central d'Amsterdam, Hartevelt et Krijger avaient reçu le message du commissaire Lefebvre de Paris au sujet d'un Pascal Duchamp qui devait être dans un hôtel, une Anneke Despentes, une habitante d'Amsterdam et une Russe, Marina Popova, qui devait y donner des lectures.

Le nom de Marina Popova apparaissait en toutes lettres avec la photo d'une jeune femme sur plusieurs panneaux publicitaires pour le Sommet du féminisme. Elle était l'une des conférencières. Ce serait aisé de trouver dans quel hôtel elle logeait.

Pour Pascal Duchamp, comme il était un individu lambda, ce serait légèrement plus ardu de le localiser. Hartevelt et Krijger avaient transmis la requête à leurs collègues et si l'homme était bien inscrit sous son nom, et il n'y avait aucune raison pour que ce soit le contraire, ils le découvriraient dans les registres d'hôtels.

En ce qui concernait Anneke Despentes, ils n'avaient eu aucun mal à trouver son adresse. Ils se rendaient chez elle, sur le Dapperplein. Elle habitait au quatrième étage, le dernier donc.

– Bonjour, nous aimerions parler à mademoiselle Despentes, indiqua Hartevelt à la voix masculine dans l'interphone.

– Et vous êtes qui ? interrogea la voix peu amène.

– La police. Ouvrez, » lança Hartevelt sur un ton qui n'acceptait aucune réplique.

La porte s'ouvrit. Ils gravirent les escaliers et se retrouvèrent sur le palier surplombant les badauds du marché quatre étages plus bas. Une jeune femme les attendait.

– Bonjour, nous aimerions vous poser quelques questions.

– Entrez, je vous prie. Elle les invita à la suivre jusqu'à la pièce qu'elle occupait au fond du couloir. Krijger prit la parole pour lui expliquer le but de leur visite. Si elle avait bien été à Paris ces derniers jours ? Oui, elle en revenait. Si elle avait bien assisté à une réception chez la journaliste Natalie Villemain ? C'est exact, elle y était.

– Et quand êtes-vous repartie de Paris ?

– Jeudi. J'ai pris le bus à cause des grèves.

– Pendant votre présence à la fête n'avez-vous rien rencontré d'anormal ?

– Non. Les gens discutaient, buvaient un verre. Il y avait de la musique. Dans le bus, j'ai vu un des invités, mais comme il n'avait pas l'air de me reconnaître, je l'ai laissé dans l'ignorance de ma présence à la fête. Pouvez-vous me dire pourquoi toutes ces questions ? »

Hartevelt la mit au courant de l'assassinat de Nathalie Villemenain sans lui donner de détails et sans mentionner celui de Christiane Laroche. À l'énoncé de la mort de la journaliste, Anneke Despentes sembla sincèrement choquée.

– Mon Dieu, comment cela est-il possible ? Elle était si sympathique.

– Comment vous connaissiez-vous ?

– Par un reportage qu'elle avait fait une fois sur Amsterdam. J'étais son interprète. Quand j'allais à Paris, je la prévenais et si elle avait un moment, nos prenions un verre ensemble. Des fois, elle était absente de la capitale, mais la semaine dernière, lorsque je lui ai annoncé que je descendais, elle m'a invitée à cette fête. C'était à l'occasion d'un prix qu'elle avait reçu pour son travail. C'est vraiment horrible.

– Oui, nous sommes désolés de vous transmettre cette mauvaise nouvelle de votre amie. Si par hasard, un détail vous revient, n'hésitez pas à prendre contact. Voici ma carte. »

Après une poignée de main franche, les deux policiers la quittèrent. Ils allaient rendre visite à Marina Popova qui logeait au Krasnapolsky comme l'indiquait un SMS sur le portable de Krijger.

Ils délaissèrent la voiture et prirent le tram 9 qui les déposa sur le Dam, juste devant l'hôtel. Le réceptionniste leur montra du menton un couple à une table basse.

Assise dans un profond fauteuil du hall, Marina Popova était en compagnie d'un jeune homme qui prit un air protecteur quand les inspecteurs furent devant eux. Les présentations faites, Hartevelt et Krijger eurent du mal à croire leurs oreilles. Pascal Duchamp était la personne avec Marina Popova. Il leur était offert sur un plateau. Malheureusement, ni l'un ni l'autre ne purent leur fournir le moindre indice. La fête était assez courue. Eux non plus ne s'y étaient pas croisés. Marina était partie de très bonne heure et Pascal avait rejoint les invités très tard.

Bredouilles, Hartevelt et Krijger retournèrent au commissariat sur le Middenweg et envoyèrent à leurs collègues parisiens un rapport plus que léger, vu le peu d'informations glanées.

51. Dimanche matin au 36

Personne n'était rentré chez soi pour dormir. L'affaire prenait une tournure incroyable. Les inspecteurs étaient sur les dents. Dimanche. Ils attendaient. La fouille du logement de Christiane Laroche avait révélé un magot de la même importance que celui trouvé à l'appartement de Natalie Villemain. Lafarge et Dumoulin avaient découvert des liasses sous la plaque du four de la gazière. Ces filles ne manquaient pas de ressources. Le plus préoccupant était que quelqu'un d'autre avait saccagé les lieux et était apparemment reparti bredouille. A moins que le fouineur fut à la recherche d'autre chose.

– Pourtant, je ne peux m'imaginer qu'un type à la recherche de quoi que ce soit laisse un tel magot en place s'il l'avait découvert, dit Lafarge sur le chemin de retour.

– Non, tu as raison, » répondit Dumoulin. Ils étaient tout à fait d'accord. Ils se rendirent au bureau du commissaire pour faire leur rapport.

– Bon, on avance, déclara Lefebvre. Il semblerait du moins que les autres n'en ont pas après du pognon, car c'est une des caches usuelles, non ? Et comme vous dites que l'appartement était retourné, ils savaient à peu près où chercher. »

Lafarge et Dumoulin rejoignirent leur place et inscrivirent les résultats de leur enquête.

Le téléphone sonna sur le bureau de Dumoulin. Il décrocha.

– Oui… Où ?… D'accord. On arrive. » Puis, se tournant vers les autres :

– C'était *Paris-Soir*. Il y a le cadavre d'une femme dans une voiture sur le parking du journal.

– Préviens le commissaire. »

Lefebvre ordonna aux deux inspecteurs présents d'aller sur les lieux.

52. Cécile rapporte les affaires de Sylvain

Cécile Laurent avait rassemblé dans un sac de sport les vêtements et les quelques affaires de Sylvain qui traînaient dans son appartement. Elle était devant la porte de l'entrepôt. Sylvain ne réagissait pas à son coup de sonnette. Elle appuya encore. Une fois. Deux fois. Toujours aucune réponse.

Elle prit l'escalier menant à la cave. Elle déposerait le sac et elle lui téléphonerait pour le mettre au courant. Elle descendit les marches de béton. Elle se rappelait que Sylvain utilisait le troisième box pour y entreposer des meubles.

En passant devant la première porte, celle-ci béait, elle vit la pièce vide. Tout comme la deuxième. La troisième était fermée. Il n'y avait pas de serrure à clef et une seule barre à l'extérieur en actionnait le mécanisme. Elle l'abaissa et ouvrit. Cette pièce était remplie de bric-à-brac, des chaises, un bureau et des cartons. Elle supputait le meilleur endroit pour les affaires quand elle perçut des coups sourds répétés. Aux aguets, elle lâcha le sac et scruta le silence revenu.

– Y a quelqu'un ? » lança-t-elle dans la direction d'où elle avait entendu le bruit. Elle vit alors qu'une des portes était fermée. Au son de son appel renouvelé, les heurts recommencèrent. Ils provenaient du fond du couloir. Elle s'en approcha répétant sa question. Un épais rembourrage faisait office d'isolation. Les sons venaient de là. Elle enclencha la crémone et se trouva devant une seconde porte. Les coups résonnaient maintenant beaucoup plus fort.

– Qui est là ? demanda-t-elle, certaine que quelqu'un criait derrière la cloison.

– Ouvrez, s'il vous plaît. Je suis enfermé. »

Cécile saisit la poignée et fut ébahie d'être face à face avec Sylvain.

– Mais, qu'est-ce que tu fais là ?

– Je l'ignore. Merci de m'avoir libéré. Cette porte, à ce que je vois, ne s'actionne que de l'extérieur. Judicieux. Vous savez où je suis ?

– Mais, enfin Sylvain…, commença Cécile.

– Oui, la méprise est facile, mais je suis Gérard. Vous connaissez mon jumeau, Sylvain, n'est-ce pas ?

– Vous voulez dire que vous n'êtes pas Sylvain ?

– Exactement.

– Mais… alors… que faites-vous dans sa cave ?

– La cave de Sylvain, énonça lentement Gérard dubitatif. Mon frère m'a séquestré dans sa cave… Dans quel but ? Excusez-moi, je dois partir. Quel jour sommes-nous ?

– Dimanche. Pourquoi ?

– Bon, j'ai passé un peu plus de vingt-quatre heures dans cette cave. Vous avez ses clefs ?

– Non, et j'ignore où il est.

– Cela ne fait rien. Je dois boire de l'eau. J'ai terminé la bouteille qu'il avait laissée pour moi, depuis un petit moment. J'ai soif. Un peu faim aussi. Suivez-moi, je sais où il cache un jeu de clefs. Que faites-vous dans sa cave ? C'est lui qui vous envoie ?

– Non, pas du tout. Je venais lui rapporter des affaires qu'il avait laissées chez moi.

– Je vois. C'était votre petit ami et c'est fini.

– Oui, on peut dire ça comme ça. C'est fou, mais je suis troublée de remarquer à quel point on peut vous confondre. Même visage. Absolument. Sylvain est peut-être un tout petit peu plus pâle que vous et ses cheveux sont plus courts. »

Ils étaient dans l'entrepôt, au deuxième étage, devant la porte de Sylvain. Gérard passa la main au-dessus du chambranle et en retira une clef. Il l'introduisit dans la serrure et ouvrit la porte. Comme à l'accoutumée, la radio, la télévision et quelques CD tonitruaient dans l'espace. Qu'il soit présent ou non, Sylvain aimait qu'une profusion de bruits résonnent en ses murs.

Un capharnaüm incroyable les accueillit. Ébahie, Cécile balayait des yeux l'immense pièce. Par une porte entrouverte, son regard fut attiré par des photos collées à la paroi. Elle reconnaissait des visages. Claire et Isabelle la fixaient ainsi que deux autres jeunes femmes inconnues. Elle balbutia « Mais, c'est qui celles-là ? » En désignant du doigt Tina Blanchard et Sophie Delarbre. Cette dernière avait au cou un collier semblable au sien.

Gérard la tira de ses pensées :

– Je dois aller au journal. Regardez, on a découvert un corps sur le parking. »

Cécile porta les yeux sur l'écran géant de télévision où une bande défilait sous les images d'une scène de crime. Il lui sembla apercevoir Sylvain dans la foule autour de la voiture.

– Je viens avec vous. »

53. Promenade sur le quai

Ghislaine Demonge profitait d'une courte pause bien méritée pour déjeuner d'un sandwich et prendre l'air sur le quai de l'Archevêché. Son uniforme la rendait reconnaissable en tant qu'agent des forces publiques de Paris. Assise sur un banc de pierre à l'ombre des arbres, elle admirait les courbes de Notre-Dame quand elle vit s'approcher un clochard et son chien. L'homme, de toute évidence, se dirigeait vers elle. Planté à deux pas, il lui adressa la parole.

– Bonjour, mademoiselle. » Ghislaine, gentiment, lui retourna la politesse et continua de mordre à belles dents dans son déjeuner s'interrogeant si l'odeur du pain frais l'avait alléché.

– Excusez-moi, je n'ai pas l'habitude d'importuner les gens, mais, je vois que vous

374

êtes de la police et avec toutes ces histoires de jeunes femmes et tout ça… Bon, bref, je voulais passer au commissariat, mais vous êtes là… Alors, je me suis dit : "Imogène, mon vieux voilà ta chance qui te tend les bras." »
De plus en plus intriguée par le discours de l'homme, Ghislaine nota en esprit son nom qui ne faisait aucun écho en sa mémoire.

– Voilà. J'habite ici, sous le pont et avant-hier une voiture s'est arrêtée et ils ont balancé un tapis.

– Qui ça "ils" ? demanda Ghislaine par habitude de précision.

– Ah, ça ma petite dame, je ne pourrais pas le savoir, je ne les ai pas vus.

– Admettons. Et ce tapis, vous l'avez récupéré ?

– Ben oui, c'est pour cela que je vous le dis.

– Bon… C'est tous les jours que les gens jettent leurs saloperies dans la Seine. On ne peut pas toujours verbaliser.

– Ce n'est pas pour ça. Vous devriez

l'examiner. Venez, il est là avec mon bar-
da. »

Ghislaine épousseta sa jupe pourtant impeccable en se levant et suivit Imogène sous
le pont. À la vue du tapis qu'il lui montrait,
ses yeux s'écarquillèrent. Elle reconnaissait le
motif de celui de l'appartement de Natalie
Villemain. Ce qui l'intrigua encore plus fut la
tache brune qui en couvrait la plus grande surface.

– Désolé, mon vieux. Je vais devoir le
prendre.

– Bah, c'était trop beau de toute façon.

– Ne vous inquiétez pas, on vous dédom-
magera. En revanche, je vais devoir vous demander de venir faire une déposition.

– C'est obligatoire ?

– J'ai bien peur que oui.

– Maintenant ?

– Ce serait préférable.

– André, tu peux garder mes affaires, je
dois partir avec mademoiselle, » cria Imogène en direction de son comparse un peu plus

loin. Sur un signe de tête approbateur du dénommé André, Imogène poussa son sac contre
le mur et roula le tapis qu'il mit sur l'épaule.

    – Bon, on y va ? » dit-il.

54. *Devant* Paris-Soir

Les badauds occupaient le perron de *Paris-Soir*. Ils auraient aimé descendre au parking et voir de plus près la scène du crime. Tout ce qu'ils savaient se résumait à peu de choses. Un corps avait été découvert devant l'entrée souterraine du journal. Toutefois, la police avait interdit à quiconque de s'approcher et les portes étaient bloquées par un agent ainsi que les issues d'accès et de sortie des véhicules.

Tina Blanchard expliquait à Lemoine et Chaboisseau qu'en sortant du métro qui l'amenait à la rédaction elle avait été surprise par les feux d'une Mégane qui clignotaient sans discontinuer tous phares allumés. Pensant qu'un collègue avait oublié d'éteindre ses lumières, elle s'était approchée pour lire la plaque minéralogique et noter la marque du véhicule. Elle avait vu la femme assise côté passager. Elle devait contourner la voiture pour rejoindre l'entrée du journal. Le pull-over relevé jusqu'au cou exposait les seins blancs, ce qui l'avait alertée. L'expression du visage était rigide et pâle. La femme ne faisait aucun geste pour cacher sa nudité malgré ses yeux grands ouverts. À la fixité du regard, Tina Blanchard avait compris qu'il y avait quelque chose d'anormal, non seulement dans la pose, mais dans toute cette femme. Elle avait sorti son portable et appelé la police et la rédaction. Gérard Ampeau était venu, suivi par Timothey et plusieurs journalistes.

Une chaîne de télévision était sur les lieux et filmait le plus possible avant que Lemoine leur fasse signe d'arrêter. Le caméraman remballa ses affaires. Il avait ce qu'il désirait pour les informations.

Tina Blanchard était sous le choc de sa découverte quand elle vit Gérard Ampeau parler avec une jeune femme qui portait un collier de perles ras du cou. Elle connaissait ce collier : une clef de sol en pendentif en ornait le centre.

55. *Le député Laroche*

Lafarge et Dumoulin remontaient à pied l'allée conduisant à la villa. Ils avaient laissé la voiture à l'entrée du parc, le chemin étant trop étroit pour permettre à un véhicule d'y rouler.

– Il y a un autre accès qui nous aurait évité cette marche, dit Lafarge.

– Tu as raison, mais ainsi on ne se fera pas repérer tout de suite. »

Contournant la bâtisse, ils virent un jardinier qui brûlait des déchets. Ils s'approchèrent de l'homme en salopette qui les dévisageait.

– Bonjour, nous recherchons le député Laroche. Savez-vous où il est ?

– Monsieur doit être dans son bureau à cette heure. Madame est absente. Il est seul à la maison. C'est le jour de congé du personnel, répondit l'homme apparemment peu avare de prodiguer des renseignements sur la vie du domaine.

– Et on peut passer par là ? s'enquit Lemoine.

– Oui. Vous longez la remise et vous trouverez l'entrée principale. La porte est ouverte. »

Il s'agissait d'un bâtiment tout en longueur contre lequel s'appuyaient des châssis et des serres. Au travers des vitres de l'une d'elles, Dumoulin repéra des caisses d'outils de jardinage entassées sur toute la surface à la place de plantations.

– Dis donc, il en fait commerce ou tu penses ce que je pense, lança Dumoulin en cognant Lafarge d'un coup de coude.

– Je pense que je pense ce que tu penses que je pense. Voyons ce que Laroche peut nous en dire. »

Ils arrivaient devant l'entrée qui, en effet, était grande ouverte quand la détonation d'une arme à feu retentit. Avec un juron, ils se précipitèrent à l'intérieur cherchant de quelle pièce le bruit leur était parvenu.

Ils avisèrent une porte lambrissée fermée.

Une odeur de poudre filtrait par la serrure. Sans hésitation, Lafarge fit voler les deux battants d'un coup de pied.

Tenant encore le revolver avec lequel il venait de se donner la mort, le buste affalé sur le sous-main de son bureau en acajou, le député Laroche, la moitié de la tempe droite arrachée, baignait dans son sang.

– J'appelle les renforts, dit Lafarge en sortant son portable de son blouson.

– Et merde ! » proféra Dumoulin. Au temps pour les détails de l'affaire.

***

Manuel Lacombe qui discutait avec le planton de service vit défiler un clochard portant un tapis roulé sur l'épaule droite qui précédait sa coéquipière suivie d'un chien hirsute de couleur indéfinissable.

– Mais c'est quoi ça ! Tu viens d'où ? interrogea-t-il éberlué.

– Je reviens du quai de l'Archevêché où je déjeunais. J'ai rencontré monsieur et nous

avons eu une conversation des plus intéressantes.

– Bon, je vous le dépose où ?
s'impatientait Imogène en désignant du menton le rouleau sur son épaule.

– Mettez-le là, répondit Ghislaine Demonge. Et elle demanda à Lacombe de porter le
tapis au laboratoire.

– Dis-leur qu'ils regardent en priorité la tache. Si c'est ce que je crois, ils doivent voir si
l'ADN est fiché. »

56. Réunion

Tous les inspecteurs et les policiers étaient réunis avec le commissaire dans la salle de crise. Ils écoutaient avec attention Michel Bertrand faire son rapport.

– L'autopsie de ce corps sans cicatrice apparente est passée en priorité comme vous l'aviez demandé. Oui, cette jeune femme, Isabelle Dubois, a été assassinée de la même manière que Sophie Delarbre et Claire Lemagne. Toutes les trois ont été droguées, tuées puis éviscérées. Une petite variante : il n'y avait pas de traces de sang dans la voiture, excepté sous elle sur le siège passager. Ce qui signifie que l'opération a eu lieu autre part.

– Et sur le parking ? demanda Lemoine.

– Aucune, » répondit Bertrand.

Une fois de plus, les policiers groupés dans la salle étaient abasourdis. Malheureusement, la prévision de Cédric Charles Manet s'était révélée juste. Le corps d'Isabelle Dubois avait été trouvé ce matin devant *Paris-Soir*.

Le planton de l'accueil annonça la visite de la jeune femme qui avait remarqué la victime.

– Faites-la venir dans mon bureau. » Le commissaire Lefebvre s'éclipsa en faisant signe à Lemoine et Chaboisseau de le suivre.

***

Timidement, encore pâle de l'événement, Tina Blanchard suivait le planton de service dans l'escalier qui menait au premier étage et au bureau du commissaire. La dernière fois qu'elle était venue, elle avait fait sa déposition en bas. « Je monte en grade », ironisa-t-elle en elle-même, pour éviter de trop souffrir. D'abord, Sophie et maintenant, cette jeune femme. Le temps pour cogiter plus avant lui manqua. Le planton frappait et ouvrait la porte et s'effaçait pour la laisser passer. Trois hommes se levèrent quand elle pénétra dans le bureau de Gérard Lefebvre.

– Bonjour mademoiselle Blanchard, lui dit le commissaire. Je suis navré que vous soyez celle qui a fait cette macabre découverte. Asseyez-vous, je vous prie. »

Tina serra les mains tendues et prit place sur le siège indiqué. Elle commença à parler avec hésitation.

– Cela peut paraître étrange, mais je viens de croiser une jeune femme avec le même collier que mon amie Sophie. Comme elle ne le portait plus lors de l'accident… Excusez-moi, je sais que ce n'est pas un accident, mais… » Tina éclata en sanglots.

– Ne vous inquiétez pas. Prenez votre temps, la rassura le commissaire et il lui tendit un mouchoir. Tina le remercia, se tamponna les yeux et poursuivit.

– Vous voyez, j'ai été très surprise, car il y a peu de colliers ras du cou en perles avec une clef de sol en or en guise de médaillon. Sophie en avait un. Ses parents l'avaient commandé spécialement pour sa maîtrise et ils ont fait graver la date sur le pendentif. Alors, je me suis… je pensais… qu'il s'agissait peut-être du même.

— Et cette jeune femme était au journal ? demanda Lemoine.

— Oui et elle pleurait. Elle est restée parler avec la police. J'ignore ce qui se disait. J'étais trop loin et trop perturbée pour y prêter attention. J'étais aussi préoccupée par la coïncidence. »

Sur un signe du commissaire, Lemoine et Chaboisseau se levaient. Ils savaient que la jeune femme au collier devait être un étage plus bas pour une déposition. La victime trouvée dans la voiture, Isabelle Dubois, était une de ses amies et cela faisait la deuxième qu'elle perdait au tueur. La police voulait, par prudence, la mettre sous protection surveillée. On attendait l'agente qui allait l'accompagner.

— Mes hommes vont aller vérifier. Mademoiselle Blanchard, vous sentez-vous mieux ? Nous allons vous ramener chez vous.

— Merci, mais c'est inutile. Je vais marcher

un peu. C'est juste à côté.

— Très bien. Merci encore de votre coopé-
ration. »

***

Lemoine et Chaboisseau repérèrent Cécile
au premier étage dans une salle
d'interrogatoire avec la porte ouverte. Gérard
Ampeau était avec elle.

— Mademoiselle Laurent, commença Lemoine, nous avons une question de routine à
vous poser. Elle pourra vous surprendre, mais
je vous en prie, répondez. Depuis quand por-
tez-vous ce collier de perles ?

— Heu… C'est un cadeau. Je l'ai mis et
avec tous ces événements, j'ai oublié de le retirer.

— Auriez-vous une objection à nous le
confier afin que nous puissions l'examiner ?

— Pas du tout. Vous pensez que c'est une
pièce volée ? » Cécile était interloquée par

la requête de Lemoine, mais sans se faire prier, elle porta les mains au fermoir, détacha le collier et le tendit à Lemoine. À l'intérieur de la clef de sol, il y avait une date.

– Est-ce que le 20 avril signifie quelque chose pour vous ? demanda-t-il.

– Pas que je sache. Pourquoi ?

– Cette date est gravée ici.

– Je n'en avais pas la moindre idée.

– Permettez-nous de garder ce bijou. Nous vous remettrons un reçu. Il se peut qu'il ait appartenu à une victime. »

Les yeux de Cécile s'agrandirent d'horreur.

– Mais, c'est impossible ! C'est mon ami qui me l'a offert.

– Sylvain vous a donné ce collier, s'écria Gérard Ampeau.

– Sylvain ? Qui est Sylvain, intervint Chaboisseau.

– Sylvain est mon frère jumeau. C'est compliqué.

– Expliquez-nous. Nous avons tout votre temps, confirma Chaboisseau et il ferma la porte de la salle.

57. Les jumeaux

Dans la salle d'interrogatoire, Gérard Ampeau expliquait :

– Mon frère est malade. Très malade. Il a dû arrêter ses études de médecine. Il a fait un long séjour en hôpital psychiatrique et nous pensions qu'il allait mieux. Apparemment, ce n'est pas le cas. Il m'a séquestré dans sa cave, dans le but, je le crains, de se faire passer pour moi. Mes collègues n'y ont vu que du feu.

– Mais, dans quel dessein voudrait-il prendre votre place ?

– Je l'ignore. Je suis journaliste et cela ne l'a jamais intéressé au préalable.

– Où est-il maintenant ?

– Je l'ignore également.

– Écoutez, nous avons tout lieu de croire que votre frère est mêlé, de près ou de loin, au meurtre de cette jeune femme, Sophie Delarbre. Il se peut aussi qu'il ait trouvé le collier et l'ait offert à mademoiselle Laurent. Pure

coïncidence. Pour le savoir, nous devons
l'interroger. Vous avez son adresse ?

– Oui, bien sûr.

– Alors, allons-y. Comme le temps presse,
en attendant la commission rogatoire, nous
allons vous demander de venir avec nous en
tant que témoin. »

***

La musique assourdissante ne surprit pas
les visiteurs autant que les photos sur le mur
d'une pièce où était entreposé, sur une table,
tout un arsenal de chirurgien. Des pinces, des
scalpels, des écarteurs, des seringues, des fioles et un couteau-scie.

– Nous le tenons, déclara Lemoine.

– Mais, vous avez qui ? demanda Gérard
Ampeau.

– Monsieur Ampeau, il semblerait que votre frère soit impliqué de très près dans des crimes commis récemment sur des jeunes femmes. Encore une fois : savez-vous où il se trouve ?

– Je n'en ai malheureusement pas la moindre idée. Depuis que nous avons dîné ensemble, vendredi soir, je ne l'ai pas revu.

– Regardez » indiqua un des membres de l'équipe scientifique arrivée entre-temps. Sur une étagère des fioles de toutes sortes étaient rangées soigneusement. D'après les étiquettes, elles contenaient des produits vétérinaires.

– Ceci, c'est pour endormir les chevaux et les gros animaux, » continua l'homme en montrant la bouteille qu'il tenait dans sa main gantée.

Lemoine, qui examinait les clichés jura :

– Nom de Dieu, il reste Tina Blanchard. » Les autres portraits étaient ceux de Claire Lemagne, Isabelle Dubois et Sophie Delarbre. Aucune de sa copine Cécile Laurent n'ornait le mur. Toutes les photos avaient été prises à des moments différents dans plusieurs endroits.

> – Il les épiait.

> – On a l'adresse de Tina Blanchard ? »

58. Tina dans la rue

Les derniers jours avaient été épuisants et beaucoup trop riches en événements perturbants. Tina souffrait de la perte de son amie et elle n'avait pas encore assimilé son décès. En outre, elle ne comprenait pas que quelqu'un ait voulu la tuer. Sophie était une personne douce, serviable, toujours disponible pour les autres. Tout en marchant, Tina dirigeait ses pas vers son adresse. Soudain, elle sentit un besoin d'air et une envie impérieuse de se promener près du fleuve. Elle traversa le Pont-Neuf, s'assit sur un banc du Vert-Galant. Un long moment, elle laissa son esprit vagabonder sur le déroulement de la journée.

Elle n'avait jamais vu auparavant cette jeune femme retrouvée morte dans la Mégane. Elle avait cru comprendre qu'il s'agissait de sa propre voiture. Que c'était étrange. Elle était assise à la place du passager. Elle n'avait pas conduit. Donc, quelqu'un, le tueur selon toute probabilité, l'avait amenée là. Mais, pourquoi ? Tina espérait que la police résoudrait rapidement cette énigme.

Tout à coup, une pensée lui traversa l'esprit. Comment était-ce possible que Gérard Ampeau ait maintenant les cheveux plus longs ? Elle se souvenait s'être dit qu'il était allé chez le coiffeur. Devant la voiture, il avait une chevelure beaucoup plus abondante. C'était incompréhensible. Pourtant, elle l'avait vu de ses propres yeux. Perturbée, elle quitta en hâte son banc. Elle désirait rejoindre au plus vite son appartement, refermer la porte et oublier un instant toutes ces questions sans réponse. Elle devenait folle et s'imaginait des choses qui n'existaient pas !

D'un pas vif, elle remonta la rue Dauphine. En cette fin d'après-midi, les terrasses de la rue de Buci étaient toutes occupées par la foule des habitués heureux devant leurs boissons favorites. Tina s'arrêta chez Paul au coin de la rue de Seine et acheta aussi quelques fruits à l'étal en face de la boulangerie. Se plonger dans des tâches quotidiennes l'apaiserait. Elle

ferait un peu de cuisine et se reposerait en regardant la télévision.

***

En dépassant le deuxième étage, Tina frissonna devant l'appartement de Sophie, mais
l'ascenseur l'emporta au quatrième.

Elle se morigéna en découvrant qu'elle
n'avait pas fermé sa porte à clef. Elle devait
être plus attentive avec tous ces horribles événements des derniers jours.

Elle déposa ses provisions sur la table de la
cuisine. Elle remplissait la bouilloire d'eau
quand un craquement la fit sursauter. Elle se
retourna d'un coup. Rien. Elle était sur les
nerfs.

Elle prit une tasse propre, une passoire, la
théière et son mélange favori, du lapsang sou-
chong. Inconsciemment, elle tendait l'oreille
au moindre bruit. Rien. Elle se détendit. La
bouilloire émit le signal attendu et Tina ver-
sait l'eau pour l'infusion quand elle sentit une
présence. Il y avait quelqu'un dans

l'appartement. Elle en était certaine. Tétanisée, elle suspendit son geste. Dans l'embrasure de la porte s'encadrait celui qu'elle croyait être Gérard Ampeau. Il s'avançait vers elle, un sourire froid plaqué sur les lèvres. Il tenait une seringue dans la main droite.

***

Lemoine et Chaboisseau sortirent en trombe de la voiture et montèrent quatre à quatre les escaliers avec Gérard Ampeau sur les talons.

Lemoine cogna du poing sur la porte et sans attendre de réponse, l'enfonça d'un violent coup d'épaule. Ils surgirent dans la cuisine. Chaboisseau agrippa le bras qui tenait la seringue.

– Vous n'êtes pas blessée, demanda-t-il à Tina.

– Non, merci. Ça va. » À ce moment, Gérard Ampeau entrait à son tour et Tina comprit d'où venait sa méprise. Non, elle n'était pas folle. Des jumeaux identiques. Interchangeables. Voilà l'explication.

Lemoine emmenait Sylvain Ampeau. Les renforts arrivaient.

– C'est bon, les gars. C'est fini.

– Mademoiselle Blanchard, nous vous demanderons de passer au bureau pour votre déposition, mais rien ne presse. Demain sera bien assez tôt. Nous pouvons envoyer une agente pour rester avec vous, si vous le désirez.

– Non, merci. Ça va aller. J'ai ce qu'il me faut. »

Ce dont elle était certaine : elle n'allait pas se réfugier dans un polar ! Non, plutôt une bonne romance ou une série familiale pour se distraire !

Lundi

59. Descente dans Paris-Chevreuse

La plupart des habitants dormaient encore dans le quartier de Paris-Chevreuse à Bures-sur-Yvette quand les hommes arrivés par la rue de Gometz se déployèrent. Un groupe enfilait l'avenue du Centre pendant que l'autre continuait vers la rue du Soleil levant. Pour encercler la villa, le plan était de se diviser chacun par l'avenue Pasteur et le boulevard des Oiseaux.

L'analyse de l'ADN sur le tapis avait révélé le sang être celui de Georgy Martinov, un Ukrainien bien connu des services. Il appartenait à un groupuscule de la mafia russe, localisé dans la villa du boulevard des Oiseaux.

Au n° 4, les persiennes étaient fermées comme dans tout le lotissement et signifiaient le repos des habitants. Martinov était chez lui. La brigade s'en était assuré la veille grâce à une planque organisée au n° 8 dont la porte sur le côté, en haut d'un escalier, offrait en surplomb une plongée imprenable sur le terrain et l'entrée de la villa. Ainsi, les hommes embusqués avaient pu observer l'heure du coucher des mafieux et savoir que personne n'était sorti depuis. Par les doubles-rideaux mal joints, ils avaient pu voir une partie de cartes s'éterniser tard dans la nuit. Maintenant, tout le monde dormait dans la villa blanche et crème.

Le commissaire Lefebvre et les inspecteurs Lemoine, Chaboisseau, Lafarge et Dumoulin s'étaient joints à l'escouade d'intervention. Toutefois, bien qu'affublés de gilets pare-balles, ils avaient ordre de rester en retrait et ils attendaient le moment de l'assaut, invisibles de la villa, retranchés après le tournant sur le boulevard. C'était le plus près qu'ils étaient autorisés à s'approcher, le chef de l'opération ne voulant prendre aucun risque.

Lafarge et Dumoulin avaient planqué toute la nuit dans une voiture banalisée au coin de l'avenue Pasteur et de la rue du Soleil levant et Lemoine et Chaboisseau à celui du boulevard des Oiseaux et de l'avenue du Vaularon. De cette manière, ils paraient à l'éventualité où Martinov se serait décidé à une sortie nocturne.

Le tueur étant demeuré dans ses pénates, ils étaient restés dans leur voiture respective à bouffer des barres chocolatées et pisser dans une bouteille. L'heure de la délivrance avait sonné avec l'apparition des forces d'intervention et du commissaire qui les suivait de près.

Le chef des opérations regarda une dernière fois sa montre. Le soleil se levait. Il abaissa son bras et le signal fut retransmis à chaque groupe à l'instant où lui et ses hommes escaladaient le portail et envahissaient le terrain de la villa.

Les mafieux, surpris dans leur sommeil, n'opposèrent aucune résistance. Martinov jurait en ukrainien. Une perquisition exécutée dans les règles mit au jour assez de drogue et d'armes illégalement détenues pour embarquer tous les hommes présents.

60. Atterrissage à Charles de Gaulle

Le pictogramme lumineux orange de la ceinture de sécurité s'alluma. L'hôtesse ramassait les derniers plateaux ; réveillait les passagers endormis en les priant de mettre leur siège en position assise. L'atterrissage s'amorçait.

Song, à l'avant de la carlingue, admira le paysage parisien avec la tour Eiffel campée près du serpent d'argent du fleuve. Il aimait ces retours sur la capitale. Le moment où la descente s'accentuait et propageait l'excitation presque enfantine d'un événement exceptionnel. Même si le voyage en avion devenait commun, le décollage et l'atterrissage continuaient de subjuguer les habitués.

Song pensait à toutes ces personnes qui n'en avaient jamais eu l'occasion, à tous ces peuples pour qui l'engin restait cet oiseau d'acier lointain dans le ciel. Comment pouvait-il encore, au XXIe siècle, y avoir autant

de divergence dans les chances offertes à chacun ? Pas que prendre l'avion en soi fut un
impératif. Song savait pour l'avoir vu qu'une
foultitude d'êtres humains vivait heureuse
sans toute cette technologie moderne indis-
pensable aux Occidentaux. Néanmoins, le ta-
rif d'un simple vol européen comme le sien
représentait pour certains un revenu annuel et
pour d'autres, dépassait largement celui de
toute une existence.

Les roues touchèrent le sol. Quelques passagers applaudirent. Song sourit à cette démonstration d'enthousiasme puéril. Les moteurs rugirent ; l'appareil fila sur le tarmac
qui défila à une vitesse de plus en plus réduite. Puis, ce fut l'immobilisation totale. Le signal de la délivrance retentit aigrelet. On entendit le cliquetis pudique du détachement des
ceintures. Plusieurs passagers, fins prêts pour
le débarquement, se pressaient déjà près des
portes.

Song prit son bagage et atteignit la sortie
où une hôtesse et un steward lui souhaitè-

rent bon séjour, ce qui le fit sourire. Sitôt le sol du tapis roulant sous les semelles, il alluma son portable pour consulter ses messages. Un certain inspecteur Lemoine lui demandait de le contacter de toute urgence. Intrigué, Song appuya sur la touche de rappel pour, après les formules de politesse obligatoires, s'entendre solliciter de confirmer sa présence à la réception de Natalie Villemain. Parvenu devant le kiosque où s'étalaient les manchettes de *Paris-Soir* titrant le meurtre de quatre jeunes femmes et le suicide du député Laroche, Song exhala un profond soupir dont son interlocuteur ne put déceler s'il s'agissait de tristesse ou d'irritation.

Le policier lui communiqua aussi rapidement l'épilogue de l'histoire et ses excuses de l'avoir dérangé pour rien.

« Pour rien, pour rien… si ça c'est rien… », maugréa-t-il en rempochant son portable avec un regard appuyé vers la Une du quotidien.

Epilogue

Ghislaine Demonge décrochait les photos et les rangeait soigneusement dans une chemise. Celles de Claire Lemagne, Sophie Delarbre et Isabelle Dubois allaient dans le dossier du tueur, Sylvain Ampeau. Celles de Natalie Villemain et Christiane Laroche grossiraient celui de Martinov.

– Et celles des députés Laroche et Weber ? demanda-t-elle à la ronde.

– A part. On les mettra dans le dossier de l'enquête sur le trafic d'armes. Celles de Weber en double aussi dans le dossier de l'enquête. »

Les inspecteurs Dumoulin, Lafarge, Lemoine et Chaboisseau terminaient leur rapport respectif pour les joindre aux dossiers. Lacombe, contrairement à son habitude, ne faisait plus de plaisanterie.

– Vous pensez que Sylvain Ampeau va bénéficier d'une déclaration d'irresponsabilité ? demanda-t-il.

– Tout dépendra de son avocat et du juge, répondit Lemoine. En ce qui me concerne, je lui filerais perpète. C'est un cas trop dangereux. Et je le collerais dans un département de haute sécurité.

– Je suis d'accord. Il est dangereux et vicieux, renchérit Ghislaine Demonge. Se faire passer pour son frère après l'avoir séquestré, un vrai malade !

– Tout ça pour être en mesure d'épier Tina Blanchard qui avait eu le malheur de le repousser un jour.

– Il y a de cela plus de dix ans, tu te rends compte !

– Et tuer par jalousie les copines de sa petite amie !

– Le *modus operandi* est un des pires que nous ayons connus, je crois.

– Absolument, acquiesça Michel Bertrand qui venait faire un tour comme à chaque clôture d'enquête. Depuis Jack l'éventreur, on n'a rien vu de tel. Sylvain Ampeau éviscérait ses victimes ! Encore plus vicieux que Jack ! Un tueur comme Martinov fait un job. Rien de personnel. Un Sylvain Ampeau se venge, lui. On ignore jusqu'où la cruauté de l'être humain peut conduire. Allez, les gars ! C'est ma tournée, on se retrouve en bas !

– Et Weber, demanda Manuel Lacombe, c'était Martinov ?

– L'avenir le dira, » répondit Chaboisseau.

FIN

Imprimé par CreateSpace Amazon

mai 2016

Printed in Great Britain
by Amazon

60766275R00238